세상의
다정스러운
무관심

Die sanfte Gleichgültigkeit der Welt
by Peter Stamm

Copyright © 2018 by Peter Stamm
First published by S. Fischer Verlag, Frankfurt am Main
Korean Translation Copyright © 2023 by Moonji Publishing Co., Ltd.
All rights reserved.

This Korean edition was published by arrangement with LIEPMAN AG,
Literary Agency, Zurich through Danny Hong Agency, Seoul.

세상의
다정스러운
무관심

페터 슈탐
장편소설

임호일
옮김

Die sanfte
Gleichgültigkeit der Welt
Peter Stamm

문학과지성사

페터 슈탐 장편소설
세상의 다정스러운 무관심

제1판 제1쇄 2023년 9월 7일

지은이 페터 슈탐
옮긴이 임호일
펴낸이 이광호
주간 이근혜
편집 김은주 김성천
마케팅 이가은 최지애 허황 이지현 맹정현
제작 강병석
펴낸곳 ㈜문학과지성사
등록번호 제1993-000098호
주소 04034 서울 마포구 잔다리로7길 18(서교동 377-20)
전화 02)338-7224
팩스 02)323-4180(편집) 02)338-7221(영업)
대표메일 moonji@moonji.com
저작권 문의 copyright@moonji.com
홈페이지 www.moonji.com

ISBN 978-89-320-4194-0 03850

"우리는 꼼짝 않고 거기에 누워 있었어.
하지만 우리 밑에서는 모든 것이 움직였지.
모든 것이 우리를 위아래로, 이쪽저쪽으로
다정스럽게 움직였어."

사뮈엘 베케트, 「크라프의 마지막 테이프」

차례

일러두기

1. 이 책은 Peter Stamm의 *Die sanfte Gleichgültigkeit der Welt*
   (Frankfurt am Main: FISCHER Taschenbuch, 2018)를
   우리말로 옮긴 것이다.

2. 본문의 주는 모두 옮긴이의 것이다.

I

그녀는 자주 나를 찾는다. 대부분 밤에 온다. 그러고는 내 침대 옆에 서서 나를 내려다보며 말한다. 당신 늙었어. 나쁜 의미로 하는 말은 아니다. 그녀의 음성은 명랑하고, 깊은 애정이 담겨 있다. 그녀는 내 침대 가장자리에 앉는다. 하지만 당신 머리숱은, 하고 그녀가 머리카락을 흐트러뜨리며 말한다. 머리숱은 여전히 많네. 허옇게 세기는 했어. 당신만 늙지 않았어, 하고 내가 말한다. 그게 날 슬프게 할지 행복하게 할지 모르겠어. 우리는 결코 이야기를 많이 하지 않는다. 무슨 말을 해야 한단 말인가. 시간이 흐른다. 우리는 서로 바라보며 미소 짓는다.

그녀는 거의 매일 밤 온다. 이따금은 새벽이 되어서

야 오기도 한다. 그녀는 시간을 정확히 지킨 적이 없다. 하지만 난 아무렇지도 않다. 나에게 주어진 시간이 줄어들면 들수록, 나는 그만큼 더 시간의 여유를 갖는다. 나는 기다리는 것밖에 달리 할 일이 없다. 그녀가 늦게 오면 올수록 나는 그만큼 더 오래 그녀를 기다리는 기쁨을 누릴 수 있다.

오늘 나는 일찍 잠에서 깨어 곧장 자리에서 일어났다. 한 번쯤은 침대를 떠나 그녀를 맞이하고 싶었다. 나는 멋진 바지를 입고 재킷을 걸치고 검정색 구두를 신고 창가 탁자에 가서 앉았다. 그녀를 맞이할 준비가 된 것이다.

벌써 며칠 전부터 날씨가 추워졌다. 지붕과 잔디에는 눈이 내렸고, 마을의 굴뚝들에서는 엷은 연기가 길게 피어오른다. 나는 막달레나의 사진이 들어 있는 작은 사진틀을 서랍에서 꺼낸다. 사진은 오래전에 내가 신문에서 오려낸 것으로 얼굴은 거의 알아보기 힘들다. 종이는 벌써 아주 누렇게 변색되었지만 내가 가지고 있는 유일한 사진으로, 나는 적어도 하루에 한 번은 빠짐없이 그걸 들여다본다. 나는 손가락으로 액자의 가는 나무틀을 어루만진다. 내 손가락이 닿는 부위가 내게는 그녀의 피부이고 그녀의 머리이며 그녀 몸의 형체처럼 느껴진다.

다시 창밖을 내다보니 그녀가 밖에 서 있다. 그녀의 입김이 피어오르고, 그녀가 미소를 지으며 내게 손짓을 한다. 그녀의 입이 움직인다. 나를 부르는 것이다. 밖으로 나와! 그녀가 다시 또렷하게 말한다. 나는 그녀의 입술에서 이 말을 읽어낼 수 있다. 우리 산책하러 가. 나갈게, 하고 내가 대답한다. 기다려! 잔뜩 쉰 목소리에 나는 깜짝 놀란다. 그건 늙은이의 목소리다. 그 목소리는 내노쇠한 육신처럼 내게 낯설다. 나는 최대한 빨리 외투를 입고 목도리를 두른 다음 서둘러 계단을 내려간다. 문밖 돌계단에서 나는 넘어질 뻔한다. 내가 마침내 집밖으로 나오자 막달레나는 이미 걸음을 옮기기 시작한다. 나는 그녀를 따라 강 쪽으로 간다. 내 유년 시절의 마을로 건네주는 도보다리로 간다. 어린 시절에 오리들에게 모이를 주던 작은 연못에 도착한다. 내가 그 시절 자전거를 타다 심하게 넘어졌던 곳이다. 우리 어린애들이 밤이면 만나 불놀이를 하던 곳이다. 늘 변함없는 이 지역, 나는 이 지역의 한 부분이 된 것 같은 느낌이 든다.

막달레나는 벌써 다리 가까이 가 있다. 그녀가 얼마나 사뿐사뿐 걷는지 마치 눈 덮인 길 위를 둥실둥실 떠가는 것 같다. 나는 급히 나오는 바람에 지팡이를 잊었다. 그 때문에 빙판길에서 미끄러지고 넘어질까 봐, 그리고 막달레나를 시야에서 놓칠까 봐 불안해서 이리 뒤뚱 저리 뒤뚱거린다. 기다려! 나는 다시 외친다. 더 이상 빨리는 못 가.

영상이 떠오른다. 그녀가 산속에서 나를 앞질러 가던 영상과 시내에서 우리가 길을 찾던 영상, 우리가 팔짱을 끼고 스톡홀름을 거닐던 그날 밤 영상이. 그날 밤 내가 그녀에게 나와 그녀의 이야기를 들려주고, 그녀가 나에게 키스를 해주던 영상이 떠오른다. 그녀는 내 쪽으로 돌아서서 미소를 짓는다. 빨리 와! 그녀가 부른다. 빨리 이리 오라니까!

2

막달레나는 내 메시지를 받고 틀림없이 놀랐을 것이다. 나는 전화번호와 주소를 적지 않고 시간과 장소 그리고 내 이름만 적어 보냈다. 내일 오후 2시에 스콕쉬르코고르덴*으로 와주세요. 댁에게 이야기해드릴 게 있습니다.

나는 고속철도 역 출구에서 그녀를 기다렸다. 2시 15분이 됐는데도 그녀는 아직 나타나지 않았다. 나는 그녀가 택시를 타고 오는가 보다고 잠시 생각했다. 하지만 그녀가 시간을 지키지 않는 것은 그리 대수로운 일이 아니었다. 그녀는 제시간에 온 적이 없었기 때문

---

* 스웨덴 스톡홀름의 남쪽 지역에 있는 공동묘지.

이다. 기다리는 사람의 시간이 자기 시간보다 중요하지 않다는 걸 보여주기 위한 과시욕에서가 아니라, 일종의 방심 탓이었다. 그녀에게는 방심이 몸에 배어 있었다. 나는 그녀가 오리라고 확신했다. 그녀의 호기심이 의심보다는 크리라고 확신했기 때문이다.

5분 후에 다음 열차가 도착했다. 이번 열차에도 타지 않았을 거라고 생각했는데, 그녀가 뛰다시피 역 계단을 내려왔다. 나는 곧장 신분을 밝히려고 했지만, 그녀를 보는 순간 다시금 말문이 막혀버렸다. 호텔 앞에 잠복해서 그녀를 기다리다가 막상 그녀가 나오자 말을 걸지 못했던 그 전날처럼. 그녀는 곧 서른 살이 되지만 앳된 처녀처럼 보였고, 나보다 스무 살이나 젊다. 누가 우리를 보았더라면 부녀 사이인 줄 알았을 것이다. 나는 그녀에게 말을 걸지 못한 채 그녀가 내 곁을 지나가게 했다. 나는 그녀를 따라 공동묘지로 갔다.

그녀는 누구와 만나기로 약속한 사람 같지 않았다. 그녀는 빠른 걸음으로 거리로 나왔는데, 마치 그 길을 이미 수백 번 다녀본 사람 같았다. 나는 그녀가 공동묘지 입구에서 기다리리라고 생각했다. 그러나 그녀는 묘지 안으로 들어가더니 망설이지도 않고 오래된 나무들이 원형을 이룬 언덕으로 올라가는 것이었다. 언덕 아래쪽에는 거대한 돌십자가가 세워져 있었다. 그럼에도 불구하고 공동묘지는 다소간 이교적인 분위기를 풍겼다. 경치와 자연이 종교 건축물과 각종 기독교 상징물보다 더 강한 인상을 풍기고 있었다.

막달레나는 언덕 위 헐벗은 나무들 쪽으로 가서 그중 한 나무 밑에 자리를 잡고 앉아 나를 바라보고 있었다. 마치 달리기 시합에서 자기가 승자라도 된 것 같은 표정으로. 숨을 헐떡이며 내가 그녀 옆으로 다가가자, 나를 한 번도 본 적이 없음에도 그녀는 자기를 이곳으로 오게 한 사람이 나라는 걸 곧 알아차린 것 같았다. 레나라고 해요. 그러면서 그녀는 손을 내밀었다. 크리스토프입니다. 이렇게 말하고 나는 약간 당황하며 그녀에게 손을 내밀었다. 막달레나가 아니고요? 날 그렇게 부르는 사람은 아무도 없어요, 하고 그녀는 미소를 지었다. 만남의 장소로는 어울리지 않는 곳이었다. 우리가 방해받지 않고 이야기할 수 있는 곳을 원했노라고 내가 말했다.

나는 그녀 옆에 앉았다. 우리는 1930년대에 건축된 노란 석조건물들을 내려다보았다. 장방형 건축물 몇 채 옆에 웅장한 지붕 하나가 사각 기둥들로 떠받혀 있었고, 그 앞에는 커다란 연못이 얼어붙어 있었다. 부드러운 물결 모양을 이룬 지대의 잔디밭에 희끗희끗 눈이 쌓여 있었다. 공동묘지 입구에서 검은 외투를 걸친 사람들이 오고 있었다. 몇은 혼자서, 몇은 짝이나 그룹을 지어 왔다. 한쪽 건물 앞에 그들은 멈춰 섰다. 서로 어울리지 않는 사람들처럼 그들은 제각각이었다.

저는 공동묘지를 좋아해요. 레나가 말했다. 알고 있어요. 내가 말했다. 추워요. 좀 움직일까요? 그녀가 말했다.

우리는 언덕을 내려왔다. 그사이 조문객들은 지붕이 돌출된 예배당 안으로 사라졌다. 그래서 그들이 있던 자리는 다시 텅 비어 있었다. 예배당 건물 옆에는 시계가 장치된, 팔이 여럿 달린 높다란 스탠드 등燈이 서 있었다. 신기하네요. 레나가 말했다. 플랫폼 같아요. 그녀는 시계 아래로 가서 시계를 올려다보더니 자기 손목시계를 맞추어보았다. 그러는 그녀의 모습은 자기가 탈기차가 언제 출발할지 알 수 없는 여행객처럼 보였다. 종착역입니다. 내가 말하자 그녀는 나를 향해 미소를 지었다. 하지만 그녀는 자기가 하던 동작을 계속하다가 내가 몇 번 가볍게 손뼉을 치자 멋쩍게 허리를 굽혀 답례했다.

우리는 공동묘지 안쪽으로 들어가 기하학적으로 늘어선 묘지들을 지나서 연푸른빛 송림松林 쪽을 향해 갔다. 우리는 이따금 어깨가 서로 닿을 정도로 바짝 붙어서서 걸었다. 레나는 이제 말이 없었다. 하지만 그녀의 침묵은 초조한 침묵이 아니었다. 우리는 각자의 생각에 잠긴 채 그저 그렇게 말없이 얼마든지 계속 걸어갈 수 있을 것 같았다. 첫번째 나무들 사이로 들어섰을 때 마침내 나는 걸음을 멈추고 말했다. 당신에게 내 이야기를 들려주고 싶어요. 그녀는 대답 대신 고개를 돌리더니 나를 바라봤다. 그녀의 시선은 호기심에 차 있다기보다 아무 말이든 다 들어줄 용의가 있는 것처럼 보였다.

나는 작가입니다. 내가 말했다. 아니, 작가였다고 말하는 것이 더 낫겠군요. 나는 단 한 권만 출판했어요. 그것도 15년 전에요. 제 남자친구도 작가예요. 그녀가 말했다. 아니, 작가이고 싶어 해요. 나도 알고 있어요. 내가 말했다. 그래서 당신에게 내 이야기를 들려주려는 겁니다.

우리는 천천히 자갈길을 걸었다. 길은 숲을 뚫고 일직선으로 뻗어 있었다. 나는 레나에게 14년 전의 만남에 관해 이야기했다. 그로 인해 내가 글쓰기를 포기한 기이한 만남에 관해.

3

이미 대학 다닐 때부터 나는 첫 장편소설을 구상하기 시작했다. 평범한 일들을 문학적으로 형상화하겠다는 야심 찬 구상이었다. 아무도 읽으려고도, 하물며 출판하려고도 하지 않던 것이었다. 몇 년간에 걸친 노력과 거듭된 실패 끝에 마침내 성공리에 집필을 끝냈다. 몇 년 후에 찾게 된 출판사에 맡긴 내 소설의 주인공은 나와 마찬가지로 환멸을 느낀 작가였다. 이 책은 사랑에 관한 이야기를 담고 있었다. 내 여자친구에 관한 일종의 초상화를 그릴 작정이었다. 하지만 작품을 쓰는 동안 우리는 헤어졌다. 그래서 작품은 우리의 이별에 관한 이야기, 사랑의 불가능성에 관한 이야기가 되고 말았다. 글을 쓰면서 나는 살아 있는 세상을 창작했다는 걸 처음으로 알게 되었다. 동시에 현실이 나로부터 점점 멀어져갔고, 일상이 지루하고 진부하게 느껴졌다. 내 여자친구는 나를 떠났다. 그러나 솔직히 말하자면, 나는 머릿속에서 이미 몇 달 전에 그녀와 헤어지고 픽션의 세계, 내 예술세계로 달아났다. 내 곁에 있으면서도 나를 그리워하는 것이 더 이상 참을 수 없는 일이라고 그녀가 나에게 말했을 때, 나는 그 말이 단지 권태감과 조바심의 발로일 뿐이라는 생각이 들었다.

서적상과 독자들이 내 소설을 반겼다. 그리고 비평가들도 관심을 가졌다. 이 데뷔작은 장래가 매우 촉망되는 작품이라고 어떤 비평가가 말했다. 정말이지 나는 오랜만에 다시 촉망받는 미래를 꿈꾸게 되었다. 수년간 겨우 입에 풀칠을 하며 살아온 나에게 소설의 성공은 풍족하지는 않지만 괜찮은 수입을 안겨주었다. 그리고 무엇보다도 내 노력을 입증해주는 책을 마침내 수중에 넣게 된 것이다. 뒤엉킨 작품 구상에서 헤어나지 못한 채 열정만 넘쳐흘러 헛된 글쓰기를 하던 몇 해가 이제 벌써 까마득한 옛날처럼 느껴졌다.

내 이야기가 나 자신과 얼마나 연관이 있는지는 한 번도 인정한 적이 없었다. 작품 독회가 끝난 후 질문을 받을 때마다 나는 줄곧 연관성을 부정하고, 서술자와 작가는 별개라고 주장했다.

내 소설을 펴낸 출판사가 나를 위해 낭독회를 몇 차례 주선해주었다. 나는 내 텅 빈 집을 떠나 여러 곳을 돌아다니며 낯선 지역을 구경하고, 저녁에만 한두 시간 낭독을 하는 것이 즐거웠다. 내 고향 마을의 작은 서점으로부터 초대를 받았을 때 나는 잠시 망설였다. 하지만 서점의 늙은 주인이 상냥하고 정감 어린 편지를 보내왔기에 나는 초대에 응했다. 낭독회 날이 가까워져 왔을 때 비로소 나는 이미 어릴 적부터 나를 알고, 소설의 인물들로부터 나와 내 현재 생활을 유추해낼 수 있는 사람들 앞에서 낭독을 한다는 생각에 마음이 불안해졌다.

때는 11월 말이었다. 정오가 막 지나서 나는 출발했다. 일부러 일찍 출발한 것이다. 여러 해 동안 고향 마을을 가보지 않았기 때문에 현실과 내 기억이 아직 일치하는지 알아보기 위해서였다.

기차는 역을 지날 때마다 마치 금지된 지역에 다가가는 것처럼 점차 승객을 비웠다. 나는 내가 탄 객차의 마지막 승객이었다. 차장은 이미 오래전부터 보이지 않왔다. 기차가 떠날 때만 해도 햇살이 비치고 있었으나 동쪽으로 계속 달리자 안개가 점점 더 짙어졌다. 그러는 사이에 창밖은 온통 회색빛을 띠었고, 헐벗은 나무들과 휴경休耕 중인 밭들, 양 떼 그리고 여기저기 농가 두서너 채와 촌락이 보였다. 이제까지 거의 직선으로 내달리던 기차가 목적지에 도착하기 직전에 강을 건너기 위해 커브를 틀었다. 그곳에서 강은 계곡을 바꾸어 놓았다. 커브를 틀기 전에 기차는 이미 속도를 늦추다가 끝내 완전히 멈춰 섰다. 기차가 달릴 때는 거의 느끼지 못했던 단구段丘의 경사가 기차가 멈춰 서자 속을 메스껍게 했다. 그 바람에 머리마저 어지러워졌다. 오래 정차해 있던 기차가 덜컥하고 다시 움직이더니, 왜 정차를 했는지 설명도 않은 채 아무 일 없었던 것처럼 강을 건넜다. 하지만 내 울렁증은 기차가 고향 마을에 도착할 때까지도 계속됐다.

이 지역은 겨울이 오면 몇 주씩 안개에 젖어 있곤 했다. 내 유년 시절과 연결된 것이 바로 이 기후였다. 추운 세상, 잿빛에 몽롱하고, 게다가 아늑하기까지 해서 가까이 있는 것이 아니면 아무것도 존재하지 않는 듯한 곳이었다. 김나지움 졸업시험을 마치고 이 마을을 떠난 후에 비로소 나는 세상이 얼마나 넓고 불안전한지 알게 되었다. 아마도 나는 이 지역을 되찾기 위해, 내 스스로가 차버린 내 유년 시절의 안전을 되찾기 위해 글쓰기를 시작했는지도 모르겠다.

낭독회 후에 그날 밤 다시 돌아갈 수 있었지만 서점 주인에게 방을 하나 예약해달라고 부탁했다. 가능하면 음식점과 극장도 구비된 시장 광장 옆 쇼핑몰 안에 있는 호텔이면 좋겠다고 했다. 대학에 입학하기 전에 나는 그 호텔에서 몇 달간 야간도어맨으로 아르바이트를 한 적이 있었다. 그 당시 호텔은 아직 지은 지 얼마 안된 새 건물이었고, 나에게는 크고 초현대식 건물처럼 생각됐다. 그런데 막상 가보니 아주 허름하고 낡고 우중충해 보였다.

나는 잠시 마을을 한번 돌아볼 생각이었다. 그러나 역에서 호텔로 가는 도중에 벌써 익숙했던 것과 새로운 것이 뒤섞여 있는 것을 보고는 당황스럽고 불안했다. 유년 시절에 보던 것과 여전히 똑같아 보이는 건물들조차 낯설게 느껴졌다. 그것들은 그 기능과 주위 환경으로부터 분리되어 마치 박물관 안에 있는 것 같았다.

호텔 객실의 공기는 건조했고, 악취 제거 스프레이

냄새에 숨이 막혔다. 나는 침대에 누워 예전에는 마을이 어땠는지 생각해봤다. 눈을 감으니 집이며 거리, 이곳에 살던 사람들, 이 모든 것이 눈에 선했다. 활기 띤 장날과 퍼레이드, 브라스밴드 음악과 불꽃놀이를 곁들인 축제가 떠올랐고, 나른했던 봄날과 공허했던 여름날, 비가 내리던 가을날의 아늑함도 머리에 떠올랐다. 계절마다 독특한 냄새가 있었다. 아스팔트에 내리는 비 냄새, 뜨거운 타르 냄새, 부패하는 잎 냄새. 심지어 눈조차도 냄새가 있었다. 억제된 신선함이라고 할까, 차라리 내게는 눈 냄새가 미각처럼 느껴졌다.

전화벨이 울리는 소리에 나는 잠에서 깼다. 방 안은 어둑어둑했다. 전화기를 찾느라고 잠시 시간이 걸렸다. 수화기를 들어보니 서점 주인이었다. 내게 호텔을 잘 찾아갔느냐고 묻고는, 호텔로 나를 데리러 오겠다고 했다. 그렇게 오래 떠나 있지 않았으니 얼마든지 혼자서 찾아갈 수 있노라고 내가 대답했다.

쓸데없는 걱정을 했다. 청중 중에 내가 아는 사람은 한 명도 없었다. 그리고 내가 이 마을에서 태어난 것에 관심을 갖는 사람도 없었다. 낭독이 끝나자 통상적인 질문들이 이어졌지만, 이곳 청중은 자서전적인 질문은 피하는 것 같았다. 낭독회가 끝난 후 서점 주인과 그의 단골손님 몇 사람과 와인을 마시러 레스토랑에 갔다. 이야기할 것이 많지 않았음에도 불구하고 시간이 늦었다. 나는 예전에 알던 마을 사람 몇 명에 관해 물었지만, 동석한 사람들 대부분이 그들을 모른다고 했고, 안다고 해야 이름뿐이었다. 이사를 가버렸거나, 이젠 늙어서 별 볼 일 없게 된 사람들이었다. 그 대신 동석자들은 마을의 온갖 관심사와 정치적 음모, 그리고 내가 모르는, 나와 상관없는 사람들에 관한 사소한 이야기들을 늘어놨다. 음식점이 문을 닫을 자정 즈음에 나는 호텔로 데려다주겠다는 서점 주인을 간신히 떼어놓을 수 있었다.

인적이 끊어진 텅 빈 밤거리의 짧은 구간을 걸으면서, 나는 이날 처음으로 무언가 친밀감 같은 걸 느꼈다. 그러나 그건 장소에 대한 친밀감이라기보다 시간, 즉 밤에 대한 친밀감이었다. 기나긴 술집 순례를 끝내고 집으로 가던 기억, 교차로에서 친구들과 헤어지기 전에 나눈 끝없는 대화, 원대한 계획과 대망을 품었던 그 시절 기억들이 떠올랐다.

호텔 입구는 희미한 불빛이 비치는 낮은 퍼걸러와 연결되어 있었다. 유리문은 잠겨 있었다. 초인종을 눌렀다. 기다리는 동안에 비로소 나는 내가 어지간히 술에 취했다는 것을 알았다. 나는 한 손을 차가운 유리에 갖다 대고 기댔다. 잠시 후 다시 한번 초인종을 눌렀다. 야간도어맨을 할 때 순찰을 돌던 생각이 났다. 회중전등을 손에 들고 공연장으로 가서 빈 무대를 살펴보고, 밋밋한 복도와 회의실을 거쳐 지하 차고로 내려갔던 기억이.

마침내 벌컥 하고 문이 하나 열리는 소리가 들리더니, 곧이어 복도에서 사람 움직이는 것이 보였고, 안쪽 유리문이 열렸다. 젊은 청년이 나를 향해 걸어오고 있었다. 그가 자물쇠를 여는 동안 나는 유리문에 비친 내 얼굴의 영상 옆에서 그의 얼굴을 봤다. 그러나 그가 문을 열었을 때 비로소 나는 문을 연 사람이 다름 아닌 나 자신이라는 것을 알았다.

4

그게 무슨 말이에요? 레나가 물었다. 우리는 자갈길이 끝나는 지점에 와서 그리스 양식의 주랑현관이 잇대여 있는 높다란 황갈색 입방체 앞에 섰다. 그녀는 건물을 둘러싼 벽에 붙은 표지판을 익살맞은 음성으로 읽었다. 이해할 수 없는 스웨덴어로 쓴 글자였는데, 몇차례 추측 끝에 우리는 그 글자를 부활교회라고 번역했다. 교회 옆에는 길고 넓적한 건물이 한 채 있었고, 그 안에는 화장실과 무거운 철문이 몇 개 있었다. 여기에 망자亡者들이 안치되는 건가요? 레나가 물으며 손을 펴서 문들 중 한 곳에 갖다 댔다. 여기에 망자가 누워서 부활을 기다리는가 보죠? 그녀는 장난기 섞인 공포의 표정을 지었다. 이제 어디로 가죠? 내가 물었다. 되돌아가지는 말죠. 그녀가 말했다. 왔던 길 되돌아가는 거 제일 싫어요. 우리는 닥치는 대로 방향을 잡고 대열을 이룬 묘지들 사이를 천천히 걸었다.

그게 선생님이었다니, 그게 무슨 뜻이에요? 레나가 다시 물었다. 설명하기 어려운데, 하고 내가 말했다. 젊은이를 보았을 때 나는 그가 바로 나라는 것을 금방 알았소. 선생님도 야간도어맨이었기 때문인가요? 그것 때문만은 아니오. 마치 내가 거울을 들여다본 것 같았지. 놀랍게도 그는 우리가 닮았다는 것, 우리가 똑같이 생겼다는 걸 눈치채지 못한 것 같았소. 그는 별다른 표정 없이 나에게 인사를 하고, 앞장서서 프런트로 가더니 열쇠를 건네주며 안녕히 주무시라고 인사를 하더군.

이날 밤 나는 오랫동안 잠을 이루지 못했다. 나는 여전히 야간도어맨 생각을 떨쳐버리지 못하고 있었다. 어두운 방들을 순찰하고 다니는 그의 모습이 계속 떠올랐다. 마치 내가 그와 동행하고 있는 것 같았다. 그 당시 내가 순찰을 돌 때마다 엄습해왔던 불안과 긴장, 이 두 느낌이 기이하게 뒤섞인 감정이 가슴을 짓눌렀다. 내 전임자는 노인이었는데, 그는 2, 3일 밤에 걸쳐 나에게 제반 경비 업무를 일러줬다. 자정이 되면 출입문을 잠그고, 그다음 순찰을 돌고, 문들을 닫고, 불을 끄는 것이었다. 그 밖에도 나는 두어 시간 자질구레한 일들을 처리해야 했다. 현관 바닥을 걸레질하고, 식당에서 나온 빈 잔들을 정리하고, 늦게 돌아오는 손님들을 들여보내는 일 따위였다. 그리고 밤 2, 3시엔 냉장고에서 식재료들을 꺼내 주방으로 옮겼다. 이 마지막 일이 끝나면 프런트 뒤에 있는 나무침상에 드러누울 수 있었지만, 나는 한 번도 거기서 잠을 잔 적이 없었다. 잠자는 대신 책을 읽거나, 내 급료를 호텔 입구에 있는 슬롯머신에다 날려버렸다. 그런가 하면 이따금은 할 일 없이 낯익은 마을 한가운데에 있는 낯선 지역을 이리저리 돌아다녔다. 이곳은 여행객들이 마치 비밀결사단원이거나 한 것처럼 마을 주민들 몰래 만나는 밀회 장소였다. 새벽 4시가 지나자마자 운전사가 신문과 잡지를 구내 상점에 배달하러 와서 유리문을 두드렸다. 나는 문을 열어주고, 무인판매기에서 커피를 두 잔 따라 와 그와 함께 마셨다. 운전사는 역경을 헤쳐온 친절한 남자였는데, 밤마다 차분한 음성으로 자기 이야기를 나에게 들려줬다. 그가 가고 나면 나는 교대했다. 그 당시 나는 고향집에서 살았는데, 아버지 어머니와 함께 아침 식사를 하고 나면 두 분의 일과가 시작되고 내 일과는 끝이 났다. 대체로 나는 정오까지 잠을 잤다. 나는 잠이 부족해 피곤하면서도 말똥말똥 깨어 있던 그때의 기이한 오후들을 아직도 생생하게 기억한다. 시간의 굴레를 벗어나 고유하고 독특한 리듬을 타던 그날들을.

나는 다음 날 일찍 돌아갈 작정이었으나 늦잠을 자고 말았다. 침대에서 일어나자마자 서둘러 아침을 먹으러 갔다. 그런데 이제 프런트에는 젊은 여자가 앉아 있었다. 잠시 동안 나는 간밤에 예전의 나를 만났던 일이 단지 내 상상의 산물인지, 아니면 내가 꿈을 꿨던 것인지 자문해보았다.

5

내 책은 잘 팔렸다. 나는 여러 곳을 다니며 내 책을 낭독하고 내 책에 대해 이야기했다. 심지어 나는 판권 계약도 몇 건 맺었고, 번역자 및 출판사들과 서신도 주고받았으며, 외국에서 열리는 각종 행사에도 초대받았다. 그리고 연구비도 받았는데, 내게는 엄청난 금액으로, 소박한 내 살림으로는 1년 넘게 쓸 수 있는 돈이었다. 데뷔작은 일단 이렇게 성공했지만, 다음에 무엇을 써야 할지 생각이 떠오르지 않아 걱정스러웠다. 새로운 구상을 펼쳐보려 했으나 매번 10여 쪽을 넘지 못한 채 지리멸렬에 빠져 포기하곤 했다. 아이디어가 고갈되고, 내 언어 또한 생기를 잃었다. 아마도 글쓰기가 더 이상 필요한 일이 아니라 의무로 생각돼서 그런 것 같기도 했다. 이따금 나는 몇 주간 한 글자도 쓰지 못한 채 읽기만 하고, 쓸모없는 자료 수집으로 시간을 낭비하다가 정작 글은 쓰지 못했다. 나는 여자친구와 동거하던 집에 계속 살고 있었다. 모든 것이 그녀를, 그리고 그녀와 함께하던 시절을 상기시켰고, 내 문학적 성공이 기쁘면 기쁠수록 사랑하는 여자를 잃은 슬픔은 그만큼 더 커졌다.

그날 밤 그 청년과의 만남이 계속 내 머릿속을 떠나지 않았다. 한번은 호텔로 전화를 걸어 그 야간도어맨에 관해 물어보기까지 했다. 하지만 내 말에 조리가 없고 그 사람을 찾는 이유를 제대로 밝히지 못하자, 전화를 받은 여자가 나를 이상한 사람이라고 생각했는지 다시 한번 내 이름을 묻더니 더 이상 아무 말도 하려 하지 않았다. 나는 내 도플갱어에 관해 쓰기 시작했다. 내 첫 소설과 마찬가지로 문학적 텍스트를 쓰기보다는 일어난 사건을 이해하려고 시도했다. 그러나 이번엔 실패했다. 이야기가 자꾸 옆으로 새고 엉클어져서 엮어낼 수가 없었다.

나는 내 여자친구에 대해 생각에 생각을 거듭했다. 전에 우리가 주고받았던 편지들을 읽어보고, 함께 휴가

가서 찍은 사진들을 꺼내보았다. 우리는 가진 돈이 별로 없었음에도 여행을 많이 다녔다. 도보 여행을 하거나 히치하이크도 하고, 유스호스텔이나 천막에서 잠을 잤다. 그녀는 배우였는데, 공연이 없을 때는 몇 주씩 자유 시간을 가졌다. 내가 가끔 그녀에게, 나를 어떻게 생각하느냐, 무엇 때문에 나를 좋아하느냐고 묻기도 했지만, 우리는 서로 즐거웠다. 우리는 3년간 동거했지만 그녀는 여러모로 여전히 내게 수수께끼 같은 존재였다.

6

 저도 배우예요. 레나가 말했다. 알고 있소. 내가 말했다. 어떻게 아세요? 그녀가 물었다. 저에 대한 모든 걸 아신다고 주장하는 이유가 뭐죠? 저를 염탐하신 건가요? 아니오. 내가 말했다. 염탐이 아니오. 제가 왜 이 모든 얘기를 귀담아듣는지 모르겠어요. 그녀가 말했다. 호기심이 발동한 거 아니오? 레나는 마치 자기 자신에 대해 놀랐다는 듯이 가볍게 고개를 내저었다. 누가 제 뒤를 쫓는 거 딱 질색이에요. 하지만 선생님의 경우는 그런 생각이 들지 않는군요. 다른 여자 얘기를 하시는 거겠죠. 그렇지 않아요?

 우리는 공동묘지 끝자락에 도착했다. 묘지를 떠나 그냥 계속 걸었다. 소박한 목조가옥들이 늘어선 곳을 거쳐서 임대주택들이 있는 지역을 지나왔다. 주택단지들 사이에는 키 낮은 나무들이 빽빽하게 들어차 있어서 마치 숲속 같았다. 문명의 얇은 지층을 밀어내기라도 하려는 것처럼 여기저기에 화강암이 땅을 뚫고 삐죽삐죽 솟아 있었다. 아직 4시도 채 안 됐는데 벌써 땅거미가 지기 시작했다.

우리 커피 한잔 마실까요? 레나가 물었다. 나는 그러자고 했다. 몇 군데를 찾아보다가 플라스틱 의자와 탁자가 몇 개 놓인 베이커리를 발견했다. 우리는 카운터에 가서 묽게 탄 커피 두 잔을 들고 와 커다란 창가에 앉았다. 유리창에는 김이 서려 있었고, 선물을 가득 실은 순록 썰매에 산타클로스가 앉아 있는 축제 장식이 아직 붙어 있었다. 레나가 처음으로 나를 실제로 알아보는 것 같았다. 그녀는 내 눈을 뚫어지게 바라보며 미소를 지었다. 황당한 이야기예요. 그녀가 말했다. 그 이야기 아직 끝나지 않았소. 그러고서 나는 이야기를 계속했다.

내 책이 시장에 나온 지 벌써 거의 1년이 가까워올 무렵, 내가 다닌 대학교의 한 교수가 나를 현대 스위스 문학 세미나에 초대했다. 그는 학생들에게 내 작품을 낭독하고, 글쓰기 강의를 해달라고 청했다. 때마침 기분 전환을 하게 된 나는 작은 강연을 위해 기꺼이 아주 오랜 시간 준비를 했다.

세미나는 비 오는 3월 말 어느 날 오후 늦게 열렸다. 강의실들은 내가 학교에 다니던 때와 별반 달라지지 않았다. 학생들은 여전히 복도의 차가운 돌바닥에 앉아 있었고, 게시판에는 갖가지 행사와 강좌, 학생회 선거를 알리는 벽보가 붙어 있었다. 커피 맛은 예전보다 더 좋아졌다. 강의를 듣는 동안 지루했던 기억과 학과 도서관에서 졸던 일들이 떠올랐다. 리포트를 작성하는 데 몇 주씩 걸렸었다. 내 리포트를 읽을 사람이 불과 두세 명밖에 안 되리라는 걸 알면서도 말이다. 한편으로 끔찍스럽고, 한편으로는 안심이 되기도 했다. 그 당시 무슨 열성이 뻗쳐서 그랬는지 이해가 가지 않았다. 가만히 있었던 건 아니지만, 그때 몇 년간은 조그만 것도 결정을 내리지 못하고 지내던 시절이었는데 말이다. 대학의 얽히고설킨 건물 속에 미로처럼 갇혀 있던 것 같았다. 그런데 그 미로는 나에게 두려움이 아니라, 오히려 편안함을 느끼게 해주었다. 내 기억에 남아 있던 그 시절의 영상들이 모두 희미한 백열등 불빛 속에서 졸고 있는 것 같았다.

그 교수의 세미나는 인기가 있는 것 같았다. 커다란 강의실에서 열렸는데, 내가 강의실에 들어섰을 때는 이미 적어도 40명은 되는 학생들이 열을 지어 앉아 있었다. 내 학생 시절과는 달리 남학생보다 여학생이 더 많았다. 교수가 짧게 인사말을 하는 동안 학생들을 둘러보던 나는 문득 그를, 그 야간도어맨을, 내 젊은 시절의 나를 보았다. 그는 멀찍이 대열 가장자리에 앉아서 손에 든 플라스틱 컵의 내용물을 쫌쫌이 홀짝거리고 있었다. 그를 다시 똑똑히 보느라고 정신이 팔려 나는 교수가 하는 말을 전혀 듣지 못했다. 기대에 찬 침묵이 흐르자 비로소 나는 교수가 나에게 바통을 넘긴 것을 알게 되었다. 나는 정신을 차리고 강연을 시작했다. 강연에서 나는 글쓰기를 낯선 지역에서 길을 찾는 일과 비교하고, 자서전적인 글과 개인적인 글의 차이에 관해 이야기했다. 강연이 끝나자 여러 학생들이 질문을 했다. 내 고향 마을의 그 젊은이는 내 강연을 열심히 경청했다. 내가 그를 쳐다볼 때마다 매번 우리의 눈길이 서로 마주쳤다. 나는 그가 나를 알아보고, 내 정체를 드러

낼까 봐 얼른 시선을 돌렸다. 그는 질문은 하지 않고, 작은 공책에다 이런저런 메모를 하고는 매번 공책을 다시 주머니에 집어넣었다. 종이 울리자 교수가 짧은 맺음말을 하면서 학생들에게 다음 주에 초빙할 작가에 관해 주지시켰다. 내 도플갱어가 제일 먼저 강의실을 빠져나갔지만 나는 놀라지 않았다. 그는 곧 시작될 다른 강의를 듣기 위해 걸음을 재촉한 것 같았다. 나는 그를 따라가고 싶었지만 그렇게 할 수 없었다. 몇몇 남녀 학생들이 책에 사인을 해달라 하고, 한 여학생은 대학 신문에 게재할 글을 요청했으며, 다른 여학생은 출판사를 구하는 노하우를 알려달라고 했기 때문이다. 마침내 이들 모두의 말을 들어주고 났더니 젊은이는 이미 오래전에 사라지고 없었다. 나는 교수에게 그에 관해 물었다. 나처럼 갈색 머리를 하고, 손에는 커피잔을 들고, 맨 왼쪽 예닐곱째 줄에 앉아 있던 학생이라고 일러줬다. 교수는 그 학생의 얼굴을 기억하지 못했다. 분명 신입생이었을 겁니다. 강의를 듣는 학생들의 얼굴을 다 기억할 수는 없는 노릇이죠. 그가 말했다.

일주일 후 나는 다시 한번 독문학과를 찾아가, 세미나가 끝날 때까지 복도에서 기다렸다. 종이 울리기가 무섭게 내 도플갱어는 계단을 뛰어 내려왔다. 나는 건물 밖으로 나와 그가 가는 길을 따라갔다. 날씨가 여전히 춥고 비가 오는데도 불구하고 그는 터틀넥만 입고 있었다. 그는 호수 방향으로 가더니 극장 있는 데서 방향을 틀어 지그재그 코스를 지나 옛날식 카페로 들어갔다. 내가 대학에 다닐 때부터 잘 아는 카페로, 그곳에서 자주 저녁을 먹기도 했다.

카페는 거의 비어 있었다. 나는 그 학생 뒤쪽 탁자로 가서 앉았다. 학생은 여종업원에게 크로크무슈와 맥주 작은 잔을 주문했다. 종업원이 내게 왔을 때 나는 같은 걸로 달라고 했다. 그녀가 어리둥절한 표정으로 나를 쳐다보기에 나는 그 학생과 같은 걸 달라고 다시 말했다. 그는 우리 쪽 말을 듣지 않는 것 같았다. 입구에서 가져온 신문만 뒤적거렸다. 나도 신문을 가져와 뒤적거렸지만 기사에 집중하지 못하고 틈틈이 그를 건너다보았다.

어렸을 때 동무 하나가 내가 하는 말과 일거수일투족을 매번 따라 하는 바람에 내가 무척 화를 냈던 기억이 떠올랐다. 그런데 막 그런 기분이 다시 들었던 것이다. 그가 내 흉내를 내고 있었다. 내가 다리를 꼬면 그도 꼬고, 내가 신문을 접으면 그도 접고, 식탁에 놓인 나이프나 포크를 올바른 위치로 옮겨놓으면 그도 그렇게 했다. 그뿐 아니라 그는 내 억양으로 종업원에게 고맙다는 인사를 건네고, 나처럼 토스트를 천천히 조심스럽게 먹는 것이다. 식사가 끝나자 그는 그릇을 밀어놓더니 배낭에서 커다란 노트를 꺼내 읽기 시작했다. 가끔 밑줄을 긋기도 하고, 내가 예전에 사용했던 것과 같은 가는 샤프펜슬로 노트에다 뭔가 적기도 했다. 나도 그와 마찬가지로 몇 자 끄적거렸지만, 나중에 보니 무슨 말을 적었는지 온통 나도 모를 메모들이었다.

약 한 시간 후에 학생은 계산을 하고 나갔다. 나는 그에게 말을 걸어볼까 잠시 생각했지만, 이상하게 쑥스럽고 겁도 났다. 나도 계산을 하고, 인적이 드문 거리와 골목으로 계속해서 그를 따라갔다. 그 지역은 내가 잘 아는 곳이었다. 내가 대학생 시절에 살던 다락방이 있는 집으로 그가 들어갔을 때 나는 놀라지 않았다. 맨 위쪽의 초인종 표시에 내 이름이 손글씨로 적혀 있었는데, 필체가 내 필체와 혼동할 정도로 비슷했다.

7

젊은 여자 셋이 들어와 우리 옆 탁자에 앉았다. 세 사람은 모두 베이비폰*을 지니고 있었다. 저기 보세요. 레나가 말했다. 그녀는 베이커리 앞 추운 바깥에 세워둔 유모차 석 대를 가리켰다. 여기서는 인생이 장난이 아니라는 사실을 아이들이 일찍 깨치는가 봐요. 우린 추위에 익숙해질 수 없을 것 같은데. 내가 말했다.

레나는 자리에서 일어나 우리가 비운 잔을 카운터로 가져갔다. 잔을 놓고 온 그녀는 잠시 내 앞에 서서 나를 뚫어지게 바라봤다. 그 모든 게 아주 간단하게 설명되네요. 그녀가 명랑한 음성으로 말했다. 어떻게 말이오?

* 아기 쪽에서 나는 소리를 들을 수 있는 소형 무선 핸드폰.

내가 물었다. 선생님이 정신이 이상해져 모든 걸 꾸며낸 거예요. 그렇게 생각한다면 당신은 호텔로 되돌아가는 게 좋겠소. 내가 말했다. 선생님이 두렵지 않은데요. 그녀가 말했다. 가기 전에 먼저 선생님 이야기가 어떻게 끝나는지 듣고 싶어요. 이야기의 끝은 당신에게 얘기할 수 없소. 내가 말했다. 이야기의 끝은 책 속에나 있는 거요. 하지만 계속해서 어떤 일이 일어났는지는 이야기해줄 수 있소.

우리가 와 있는 곳이 어딘지 우리 둘 다 알지 못했다. 그래서 우리는 발길 닿는 대로 그냥 곧장 걸어가기로 했다.

예전의 나와의 두번째 만남이 날 완전히 궤도에서 벗어나게 했소. 내가 말했다. 나는 일어난 일을 이야기로 만들려고 다시 한번 시도했소. 하지만 내가 어떤 행동을 하고 어떤 글을 쓰든 간에, 항상 누가 내 뒤에 서서 내 흉내를 내는 것 같았소. 내 인생 전부가 우스꽝스럽고 잘못된 것처럼 생각됐소. 내 여자친구에게 내가 사랑한다고 말했던 걸 생각할 때마다 내 타자他者가 자기 여자친구에게 그와 똑같은 말을 하는 소리가 미래로부터 메아리처럼 들려왔소. 그의 말은 통속 연애소설처럼 들렸소. 우리가 키스하던 장면을 떠올리면, 난 그와 그녀가 키스하는 장면을 보게 되오. 나는 내 삶을 따라 하는 그가 마치 나에게서 그녀를 도둑질해 가는 것 같아 그 친구에게 샘이 났소. 나는 그가 내 여자친구와 만나기 훨씬 전에 이미 그가 다시 그녀를 잃게 되리라는 걸 예감하고 있었소. 하지만 가장 가슴 아팠던 건, 내가 내 사랑을 의심하기 시작하고, 그녀의 사랑을, 나아가 우리 사이에 있었던 모든 걸 의심하기 시작했다는 거요. 우리의 모든 이야기는 잘못된 연출의 실패한 예행연습처럼 생각됐소.

8

그러는 사이에 사위가 아주 어두워졌다. 우리는 한길들이 교차하는 한적한 지역을 지나 높은 다리를 건너서 마침내 상가들이 길게 늘어선 거리에 도착했다. 거리의 좌우 건물들은 모두 똑같아 보였다. 상점들 대부분이 다국적 체인점이었다. 우리는 그 어떤 도시에 가도 이런 거리를 만날 수 있을 것 같았다. 천천히 걸어가는 동안 사람들이 우리를 앞지르기도 하고, 우리를 가로질러 가기도 했다. 인파 속에서 나와 떨어질까 봐 두려웠는지 레나가 나와 팔짱을 꼈다.

그런 기분 이해하겠어요. 그녀가 말했다. 이따금 저는 제가 맡은 역에 동화되지 못할 때가 있는데, 그럴 때면 연기하는 저 자신을 보게 돼요. 그럴 때면 제가 그

역을 연기하는 것이 아니라 그 역이 저를 연기하는 것 같은 느낌이 들어요. 제가 맡은 인물이 저를 흉내 내고, 저를 조롱하는 것 같아요. 이런 저를 관객이 눈치챈다고 생각지는 않아요. 하지만 저 자신은 힘이 몽땅 빠져나가는 것 같고, 공연이 끝나면 제가 단지 빈 자루, 다음 공연 때까지 의상실에 걸린 옷가지에 지나지 않는 존재 같다는 생각이 들어요.

하지만 난 내 여자친구가 그립소. 내가 말했다. 너무 그리워서, 그녀가 없으면 내가 반쪽 인간밖에 안 되는 것 같고, 그녀 없이는 내가 존재할 수 없을 것 같다는 생각이 드오. 그녀에게 그런 말씀 해보셨어요? 레나는 내가 놀랄 정도로 절박하게 물었다. 그녀를 다시 찾으려고 노력해보셨냐고요. 나는 대답하지 않았다. 레나는 팔짱을 풀더니 걸음을 멈췄다. 내가 그녀 쪽으로 몸을 돌리자 그녀는 나를 뚫어지게 바라보며 말했다. 제 생각엔 그 사람 선생님 닮지 않았어요. 그래요, 정말 닮지 않았어요. 그런 이름은 흔해요. 모두들 제 남자친구를 크리스라고 불러요. 나를 그렇게 부르는 사람은 아무도 없었소. 내가 말했다. 그리고 제 남자친구는 글쓰기에 위기를 맞은 적이 없어요. 레나가 이렇게 말하고 다시 걸음을 옮겼다. 그 사람은 잘 지내요. 무엇에 관해 쓰고 있소? 이미 알고 있음에도 불구하고 나는 이렇게 물었다. 제 친구는 자기의 작품 구상에 관해서는 말을 잘 안 해요. 그런데 선생님은 그가 글을 쓴다는 걸 어떻게 아세요? 집필이 이제 거의 끝나가요. 특이한 이야기예요. 그 사람 당신에 관해 쓰고 있죠, 안 그렇소? 내가 물었다. 그렇다면요? 레나가 말했다.

9

그 당시 그건 막달레나의 아이디어였다. 나는 내 야
심 찬 구상을 다시금 단념했었다. 글쓰기 자체를 아예
포기할 생각까지 했었다. 나는 내 괴로운 심정을 그녀
에게 하소연했다. 내가 쓰는 모든 것이 인위적이고 작
위적인 것처럼 생각되고, 내가 구상해낸 이야기들은 모
두 이미 수백 번 씌었던 것들이야. 그러니 이제 글쓰기
를 집어치워야겠어. 자기 가슴속에 있는 걸 써봐. 그녀
가 말했다. 머리에서 나온 거 말고 감정에서 나온 걸 써
보라고. 당신 이야기를 써보란 말이야. 나에 대해서는
이야기할 게 없어. 내가 말했다. 내 어린 시절은 다른 애
들과 별반 다를 게 없다고. 내 유년 시절이 다른 애들보
다 더 고통스럽지도 않았단 말이야. 그럼 내 현재의 삶

에 대해서? 책으로 기록될 만한 일을 하지 못한 남자에 대해서 뭘 쓰라고? 자기와 나에 대한 글, 우리의 삶, 우리의 사랑에 대한 글을 써봐. 당신은 글쓰기를 너무 간단하게 생각하고 있어. 내가 말했다. 문학 텍스트는 형식을 필요로 하고 일관성이 있어야 하는데, 우리의 삶은 그렇지 못해. 행복은 이야기의 좋은 재료가 못 돼. 그러나 막달레나가 다음 공연 연습을 위해 일주일간 떠나 있는 동안 나는 그녀에 관한 글을 쓰기 시작했다. 우리 삶의 작은 장면들에 관한 글, 이야기라기보다는 영상들을 스케치한 글을 쓰기 시작한 것이다. 이를테면 우리가 어느 가구점에서 침대에 누워보던 장면과 판매원 자신이 그녀와 함께 침대에 누워보고 싶은 눈으로 그녀를 바라보던 장면, 우리가 부엌에 페인트칠을 하던 장면, 페인트 냄새에 취했던 장면, 비가 오는 어떤 날 침대에서 꼼짝 않고 누워 있던 장면, 그러다가 뭘 어쩌고저쩌고한 장면, 내가 얼굴에 가랑비를 맞으며 베이커리로 달려가던 장면, 그리고 그 어느 때보다 행복했음에도 불구하고 갑자기 도망가고 싶은 생각이 들던 순간, 이 밖에도 우리가 산행을 하다 뇌우를 만났던 장면, 그 순간 문득 우리가 죽을 수도 있고, 언젠가는 죽게 될 거라는 생각을 하던 장면 등, 이런 단상들을 기록한 것이다.

주말에 막달레나가 집으로 돌아와서 자기가 없는 동안 뭘 했느냐고 물었다. 할 수 있는 건 다 했지. 내가 대답했다. 그녀에 관해 쓴 글에 대해서는 한마디도 하지 않았다. 나는 내가 쓴 글 속의 그녀로 인해 실재의 그녀를 배반한 것 같았다. 내가 쓴 글 속의 막달레나가 실재의 그녀보다 더 가까운 것처럼 느껴진 것이다. 나는 그녀를 세심히 바라봤지만 더 이상 그녀를 알아볼 수가 없었다. 다시 말해 그녀를 평소보다 더 진지하게 살펴보았지만, 그녀가 완전히 낯선 여자처럼 보인 것이다. 왜 그래? 그러면서 그녀가 걱정스러운 눈길로 바라봤다. 나는 고개를 내젓고, 그녀와 다시 가까워질 수 있을 것처럼 그녀를 포옹했다.

그러니까 그 여자가 저와 이름이 같다고요? 레나가 물었다. 그렇소. 나는 의기양양하게 대답했다. 그녀의 이름은 당신과 마찬가지로 막달레나요. 그 여자에 대해 이야기해주세요. 뭘 이야기하라는 거요? 난 그녀를 사랑했소. 두 분은 어떻게 알게 됐어요? 레나가 물었다.

산에서 만났소. 이렇게 대답하면서 나는 잠시 그녀를
바라봤다. 하지만 그녀는 아무런 표정도 짓지 않은 채
이 말만 했다. 계속 이야기해주세요.

IO

우리는 같은 호텔에 묵고 있었다. 엥가딘*에 있는 작은 숙박업소였다. 막달레나는 낮에는 산책을 하고, 저녁이면 매일 음식점에 모여 담소를 나누는 동아리의 일원이었다. 그녀는 다른 사람들보다 조용했고, 그럼에도 불구하고 동아리의 중심인물처럼 보였기 때문에 내 눈에 띄었다. 그녀는 다른 동료들보다 나이가 훨씬 어렸다. 남자 셋이 모두 그녀의 환심을 사려고 애를 썼지만, 장난기가 섞여 있었기 때문에 다른 여자들은 그런 것에 별로 신경을 쓰지 않았다.

*　Engadin: 스위스 동부를 흐르는 인Inn강의 협곡 지역. 유명한 휴양지이다.

나는 장편소설을 한 편 쓰려고 산에 올랐다. 그 당시 나는 조용한 환경에서 글을 더 잘 쓸 수 있으리라 생각했다. 나는 대부분의 시간을 호텔 정원의 그늘진 곳에 있는 작은 화강암 탁자에 앉아 글을 쓰거나 읽었다. 작가의 일상이 이런 모습인지 모르겠다. 어느 날 아침을 먹으러 식당에 갔더니 그 동아리가 막 그곳에 나타났다. 그들은 하루 일정을 논의하느라고 큰 소리로 떠들어댔다. 하지만 이번엔 그들이 유쾌하게 떠드는 소리가 작위적으로 들렸다. 마침내 그들은 식당을 떠났으나 막달레나는 남아 있었다.

얼마 후 글을 쓰러 호텔 정원에 나갔는데, 내가 앉던 탁자에 그녀가 종이 뭉치를 손에 들고 앉아 있었다. 흘깃 넘겨다봤더니 연극 대본 같았다. 그녀는 내가 망설이는 것을 알아차린 듯했다. 여기가 선생님 자리인가보죠? 그녀가 물었다. 그냥 앉아 계세요, 다른 탁자 찾아볼게요. 내가 말했다. 그녀는 자기 건너편 의자를 가리키며 말했다. 제 앞쪽에 앉으셔도 돼요.

나는 글을 쓰려고 했지만 정신이 집중되지 않고, 자꾸 그녀를 곁눈질해댔다. 그러자 그녀가 내 눈길을 의식했는지 대본에서 눈을 들고는 나를 향해 미소를 지었다. 일기를 쓰세요? 그녀가 물어왔다. 그 당시 나는 글쓰기가 항상 조금은 부끄러웠다. 글 잘 쓰는 작가가 되고 싶었는데 글이 제대로 나오지 않아 고통스러웠다. 메모를 하고 있습니다. 내가 말했다. 저는 일기를 써요. 그녀가 말했다. 거의 매일 뭔가 적어 넣죠. 열두 살 때부터 썼어요. 일기에다 뭘 쓰시는데요? 내가 물었다. 쓰고 싶은 거 다요. 제가 뭘 했는지, 누구를 알게 되었는지, 제 관심을 끄는 대상들 따위요. 제가 댁의 일기에 적힐 기회를 갖게 된 건가요? 내가 물었다. 저와 함께 커피만 마셔주신다면요. 그러면서 그녀가 나에게 손을 내밀었다. 막달레나가. 우리가 악수하는 모습은 멋진 장면이었다. 그 장면이 그녀 마음에도 든 것 같았다. 나는 커피를 주문하러 호텔 안으로 들어갔다.

이제 뭔가 특별한 걸 말씀해주시거나 행동으로 옮겨주세요. 내가 다시 그녀 앞으로 와서 앉자, 그녀가 이렇게 말하면서 미소를 지었다. 그래야 선생님이 제 일기에 멋진 인물로 들어서게 되니까요. 그녀가 들고 있던 대본을 탁자에다 거꾸로 올려놓았기 때문에 나는 제목을 읽을 수가 없었다. 그녀가 기대에 찬 눈으로 나를 바라봤다. 왜 동료들과 함께 산책을 나가지 않았습니까?

내가 물었다. 그녀는 나한테 그 이유를 알려주는 것이
좋을지 어떨지 생각하느라고 망설였다. 들으셔도 별로
재미없으실 거예요. 그녀가 말했다. 우린 연극 공연을
앞두고 있어요. 다음 주부터 작품 연습에 들어가요. 연
습에 들어가기 전에 서로 잘 알고 지내기 위해 며칠간
산에 온 거예요. 그렇게 하면 우리들 사이가 돈독해질
거라고 연출가가 말했어요. 그런데 그렇게 되지 못했어
요. 그녀가 어깨를 으쓱했다. 그래서 지루하게 여기 앉
아 있는 거예요. 저하고 산보 가시겠어요?

우리는 커피를 마시고 난 뒤, 15분 후에 호텔 앞에서
다시 만나기로 했다. 막달레나가 반 시간 늦게 나왔을
때 나는 여러 방향을 가리키는 이정표를 살펴보고 있
었다. 그러나 그녀는 어디로 갈지 이미 알고 있었다. 그
녀는 우리 뒤쪽의 산비탈을 가리키며 말했다. 다른 쪽
산비탈은 올라가기가 더 힘들어요.

비탈길은 가파르게 산 위로 뻗어 올라가 잣나무 숲
으로 이어졌다. 우리는 앞뒤로 서서 말없이 걸어 올라
가다가 이따금 숨을 돌릴 때만 잠시 말을 건넸다. 약 한
시간 후 나무숲이 끝나는 지점에 도달했다. 이어지는
길은 높은 암설사면巖屑斜面으로 치달았는데, 올라가보

니 거기에는 넓은 분지가 펼쳐져 있었다. 그러는 사이에 우리는 두 시간 이상 걸었다. 쉬기 위해 우리는 어떤 바위 위에 걸터앉았다. 나는 물병 하나만 달랑 가지고 있었다. 막달레나가 정식 산행을 계획한 줄은 몰랐던 거다. 더운 여름날이어서 나는 땀범벅이 되었다. 막달레나는 덩치가 몹시 작고 연약했다. 하지만 나보다 덜 지쳤는지 곧 다시 출발을 독촉했다.

호텔을 떠난 지 세 시간은 족히 됐을 무렵 우리는 분지에 아담하게 들어찬 작은 호수에 도달했다. 그러나 막달레나는 인근 산꼭대기까지 계속 올라가려고 했다. 그녀는 그 산꼭대기의 이름에 매혹되었다고 했다. 반시간 후에 우리는 마침내 정상에 올라섰다. 우리 아래에 풍경화가 펼쳐졌다. 아득히 아래쪽에는 계곡과 호수들이 보였고, 맞은편 골짜기 측면에는 눈 덮인 산정들이 줄지어 있었다.

II

돌아오는 길에 우리는 호수에서 수영을 했어요. 레나
가 말했다. 저는 크리스의 얼굴이 창백해지는 걸 보고
놀랐는데, 그는 제 거침없는 행동에 놀랐어요. 물이 얼
음처럼 차가웠어요. 우리는 잠깐 물속에 들어갔다가 나
와서 몸을 말리기 위해 알몸으로 바위 위에 누웠어요.

그녀는 발길을 멈추고 내 눈을 쳐다봤다. 그녀의 뒤
를 바짝 따라가던 젊은 남자가 그녀를 거의 넘어뜨릴
뻔하더니 무언가 스웨덴어로 말했는데, 별로 살갑게 들
리지는 않았다. 그 모든 게 그의 책에 들어 있어요. 그녀
가 말했다. 선생님이 어떻게 그 책을 접하게 되셨는지
알 수 없지만, 선생님이 알고 계신 것이 증명할 수 있는
건 아무것도 없어요. 나는 그 텍스트를 읽은 게 아니라

그걸 썼소. 20년 전에 말이오. 내가 말했다. 그렇담 선생님은 이야기가 앞으로 어떻게 전개될는지도 알고 계시겠네요. 그녀가 말했다. 알 수 있을지도 모르지. 문제는 당신이 이야기를 들을 용의가 있는가 하는 거요. 그녀는 더 이상 한마디도 하지 않고 계속해서 길을 따라 걸어갔다. 내가 그녀를 앞질러 가자 그녀가 승리감에 도취된 표정으로 말했다. 저는 호수에서 수영을 하지는 않았어요. 그 사람이 수영을 하자고 했지만 저는 그 사람 앞에서 옷을 벗기 싫었어요. 그 사람은 잠깐이라도 몸을 식히자고 했지만 저는 계속 걸었어요. 그 사람은 자기가 다시 저를 따라잡을 거라고 했지만, 그건 착각이었어요.

그것이 우리의 첫번째 기 싸움이었다. 막달레나는 후에 거의 매번 그랬듯이, 첫번째 힘겨루기에서 승리했다. 저녁을 먹으러 식당에 들어갔더니 그녀는 동료들과 식탁에 둘러앉아 있었다. 내가 고개를 끄덕이자 그녀는 조소에 가까운 미소만 지었다. 나중에 호텔 정원으로 담배를 피우러 나갔다가 그들 중 한 사람을 만났다. 그는 단원들이 연습 중인 작품의 작가였다. 나는 언제 어디서 초연이 이루어지느냐고 그에게 물었지만, 그는 나와 말을 섞고 싶지 않은 눈치였다. 내가 다시 호텔 안으로 들어가자 막달레나가 나를 향해 걸어왔다. 그녀는 우리가 전에 한 번도 이야기를 나누어본 적이 없는 생면부지인 것처럼 나에게 건성으로 인사를 건넸다.

나는 침실에 불을 켜지 않은 채 창가로 갔다. 창밖 정원에 바짝 붙어 있는 두 사람의 윤곽이 보였는데, 분명 막달레나와 작가 같았다. 그들은 서로 담소하다가 포옹을 하며 키스했다. 나는 강한 질투심을 느꼈다. 그들의 사랑에 대한 질투심일 뿐만 아니라 그들의 삶, 그들이 속한 세계, 그들이 활동하는 세계에 대한 질투심이었다.

그날 밤 나는 오랫동안 잠을 이룰 수 없었다. 다음 날 아침 10시가 채 되기 전 로비에 나가자, 연극단원들이 막 밖으로 짐을 가지고 나가 택시에 싣고 있었다.

12

궁금한 거 있으면 물어봐요. 내가 말했다. 책에 있는 것뿐만 아니라 실제로 일어난 것까지 말이오. 제가 왜 물어야 하죠? 레나가 말했다. 선생님에게는 선생님의 인생이 있고, 저에게는 제 인생이 있어요. 저는 제 인생을 선생님으로부터 듣고 싶은 생각이 전혀 없는걸요.

우리는 계속해서 걸었다. 구시가에 들어서자 거리가 시끄러워 얘기를 나눌 수가 없었다. 레나는 진열장을 들여다보다가 아주 단출한 푸른색 옷이 마음에 들었는지 꼭 한번 입어봐야겠다고 했다. 나는 그녀를 따라 상점 안으로 들어갔다. 그 옷을 입은 그녀를 보고 나는 옷이 정말 잘 어울린다고 했다. 마치 그녀가 입은 그 어떤 옷도 내 마음에 들지 않았던 것처럼. 나는 그 옷을 사주

겠노라고 했지만 그녀는 완강하게 거절하며 자기 돈으로 사겠다고 했다. 그녀가 처음으로 정말 화가 난 것 같았다. 제가 선생님의 말을 귀담아듣는다고 해서 선생님이 제 자유를 구속할 수 있다고 생각진 마세요. 저는 선생님의 막달레나가 아니고, 그렇게 되고 싶지도 않아요. 나는 그녀에게 미안하다고 말하고, 그런 의도로 옷을 사주겠다고 한 것도 아니라고 했다. 그녀는 상점을 나오더니 걸음을 멈췄다. 나는 그녀가 달아날까 봐 덜컥 겁이 났다. 달아날 경우 붙잡을 방법도 알지 못했다. 그녀가 다시 걸음을 옮겼다. 행여 그녀가 다시 나에게 화를 낼까 봐 마음 졸이며 그녀를 따라갔다.

중심가를 벗어나서야 우리는 다시 이야기를 나누기 시작했다. 이제 우리는 이름 모를 회색 주택단지에 들어섰다. 여러 집 창문에 불이 켜져 있었고, 여기저기 아래층에서는 사람들이 일과를 마무리하고 있었다. 한 남자가 발코니에 서서 담배를 피우며 우리에게 손짓을 했다. 그가 뭐라고 외치는데 알아들을 수가 없었다.

남의 집을 들여다볼 때마다 저는 내가 저기서 살면 어떨까 하고 생각하게 돼요. 레나가 말했다. 그녀의 음성이 다시 전처럼 유쾌하게 들렸다. 다른 도시에서 살면 다른 삶을 살게 되겠죠. 다른 직업을 가지면 어떨까, 남편과 자식들, 개가 있으면 어떨까, 테니스를 치고, 시민학교에 등록을 하면 어떨까 하는 생각을 해봐요. 어떤 역을 맡을 때마다 그 사람 속으로 들어가지 않소? 내가 물었다. 그런 의미로 말한 게 아니에요. 레나가 말했다. 진짜 다른 삶, 다른 이야기를 생각해본 거예요. 그 여자에 대한 선생님의 사랑 이야기를 해주세요. 그녀를 어떻게 사랑했는지 말이에요. 사랑이란 말은 정확한 표현이 아니오. 내가 말했다. 막달레나는 내 마음에 들었소. 매혹적이었지. 그녀가 유혹했지만, 그녀를 사랑하게 된 건 얼마간 시간이 지난 후였소. 하지만, 하고 레나가 말했다. 크리스는 곧장 저를 사랑했어요. 첫눈에 반한 사랑이었다고요.

아마도 그 당시엔 내가 실제로 그렇게 믿었던 것 같다. 하지만 나중에 모든 일이 일어난 후에 나는 이야기를 달리 해석했다. 글을 쓸 때 나는 과장된 표현과 감정 표현에 각별히 유의했다. 나는 다른 사람들의 말과 감정뿐 아니라 나 자신의 말과 감정을 의심했다. 막달레나는 첫 순간부터 내 마음에 들었다. 하지만 그건 놀라운 일이 아니었다. 그녀는 젊고 아름답고 쾌활해서 모든 사람을 매혹했고, 모든 사람의 마음을 끌었다. 우리가 함께 걸을 때 그녀는 대체로 앞장서 갔기 때문에 나는 그녀를 관찰할 기회를 여러 번 가졌다. 그녀의 동작이 얼마나 날렵한지 마치 공기 밀도가 아주 낮거나 아니면 아예 중력을 벗어난 것처럼 보였다. 트레킹화를 신었음에도 불구하고 그녀의 발걸음은 매우 가벼웠고, 거의 껑충껑충 뛰는 것 같았다. 그녀는 거듭해서 나를 뒤돌아보고 미소를 지으면서 힘내라고 소리 질렀다. 하지만 내가 자기를 관찰하는 눈치가 보이지 않으면 그녀의 얼굴은 엄숙해지고, 거의 쌀쌀맞아 보였다. 그럴 때면 이따금 나는 벌써 그녀의 늙은 얼굴을 보는 것 같았다. 미래에 언젠가 보게 될 그녀의 늙은 얼굴을.

첫눈에 반한다는 말, 작가가 자기 이야기를 정리하고 통일된 버전으로 남녀관계의 신화를 완성하고 나면, 첫눈에 반한다는 말을 할 수 있을 것이다. 그도 그럴 것이 그렇게 생각하면 가장 간단하고, 가장 아름답기 때문이다. 둘은 서로를 위해 존재했고, 다른 가능성은 전혀 없었다. 하지만 내가 두 달 후에 공연 광고를 보지 못했다면 난 그 모든 걸 잊어버렸을 것이다. 나는 뭔가 시작해 놓고 그걸 잊은 적이 많다.

막달레나를 무대에서 다시 보았을 때 처음에는 그녀를 전혀 알아보지 못했다. 그녀는 약간 멍청해 보이는 젊은 여자 역할을 맡았다. 극 중의 여자는 자기 남자친구가 아직도 옛 여자친구를 사랑하고 있다는 사실을 알게 되고, 그 후에는 옛 여자친구의 남편으로부터 유혹당한다는 이야기였다. 지금은 그 작품이 거의 기억나지 않는다. 포스터에 물고기 한 마리가 있었다는 것만 기억난다.

그 물고기는 작품에도 나와요. 레나가 말했다. 잉어인데 서서히 질식사해요. 밤이에요. 물가가 안 보이는 호수죠. 저는 물 위에 떠 있어요. 눈이 오고, 눈송이가 호수에 떨어져 녹아요. 저는 벌거벗었는데 춥지가 않아요. 엄청난 고독이 엄습해오는 거예요. 그때 문득 제 밑에서 그림자 같은 것이 저를 향해 오는 게 보여요. 어마어마하게 큰 물고기가 제 밑 물속에 멈춰 있는 거예요. 그거 작품에 나오는 얘기요? 내가 물었다. 난 기억이 전혀 나지 않소.

그 사람이 저한테 돈을 줬어요. 레나가 말했다. 작품에서 말이에요. 그 남자가 저를 유혹한 것이 아니라, 제가 그 남자와 동침하는 대가로 저에게 돈을 준 거예요. 하지만 매춘부에게 돈을 주는 식이 아니었어요. 누구를 소유할 땐 이런 식으로 가장 순수한 사랑을 표현하지, 하고 그 남자가 말했어요. 사랑이란 상계계약이 아니기 때문이라는 거예요. 사랑받기 위한 사랑은 사랑이 아니라는 거죠. 당신도 그렇게 생각하오? 내가 물었다. 말도 안 돼요. 그녀가 대답했다. 저는 누구도 소유하고 싶지 않고, 누구에게 소유되는 것도 싫어요. 누구에게 소유되는 거라고? 누가 저에게 소유되는 게 싫었다는 말이에요. 레나가 말했다. 크리스가 무대 입구에서 저를 기다렸을 때 저는 곧바로 그렇게 말했어요. 그런 거 난 싫어해. 그런 말을 하고 나서도 그와 함께 와인을 마셨다? 그럼 왜 안 되죠? 레나가 말했다.

13

우리는 극장에서 그리 멀지 않은 바에 갔다. 고급 술
집이었다. 더 적당한 술집이 떠오르지 않았고, 막달레
나가 멋진 장소로 가기를 원하는 눈치였기 때문이다.
바텐더조차 우리가 특별한 이유가 있어서 그 바에 왔
음을 알아차린 것 같았다. 손님들이 많이 있었음에도
불구하고 그는 그날 밤 우리가 주빈이기라도 한 것처
럼 정중하게 우리를 대했다. 술 두 잔을 마신 값치고는
엄청나게 비싼 금액이었다. 하지만 많은 돈을 지불한
덕분에 나는 그 순간 거의 축제 분위기에 젖어 들었다.
　나는 연극 작품과 공연이 몇 군데 진부하게 느껴졌
다고 말했다. 막달레나는 이미 자기 역할에 싫증이 난
것 같았다. 그녀는 공연에 대해 나와 이야기하고 싶지

않아 했다. 나는 극작가에 대해 물었다. 그녀가 그와 어떤 관계이고, 그와 아직도 만나고 있는지 탐색해보기 위해서였다. 하지만 그녀는 그 질문에 대해서도 반응이 별로 시원치 않았다. 그녀는 별말이 없었다. 그녀는 도대체가 말이 없었다. 나도 점점 할 말을 잃었다. 어쩌면 바로 그 때문에 곧바로 그녀에게 신뢰감이 생겼는지도 모르겠다. 그러다가 막달레나가 두 손을 스탠드에 받치고 몸을 뒤로 기대더니 자기를 집으로 데려다줄 수 있겠느냐고 물었다.

그녀는 시 외곽에 살고 있었다. 우리는 전차를 탈 수 있었지만 그녀가 걸어가자고 고집을 부렸다. 인적이 끊어진 거리를 걸어가는 동안 마침내 우리는 다시 이야기를 나누기 시작했다. 우리는 그 도시와 도시에 사는 사람들에 관해, 그리고 우리의 삶, 우리가 여태껏 살아온 삶의 여정, 마지막으로 그녀의 역할과 사랑, 소유물에 관해 이야기했다. 작품에서는 대답보다 질문이 더많았다. 우리는 사람을 아름다움 때문에 사랑하는 건 잘못된 것이 아닌지를 놓고 토론했다. 내가 아름다움을 잃어버린다면 어떻게 될까? 막달레나가 물었다. 사고를 당하거나 병에 걸리거나 아니면 그냥 늙게 되면 말이야. 그래도 당신 날 사랑할 거야? 그렇다면 그거야말로 외모와 관계없는 진정한 사랑이 되겠지. 내가 말했다. 잘 모르겠어. 하지만 내 외모는 내 일부야. 막달레나가 말했다. 그러니까 내 외모가 변하면 나도 변하는 거야. 외모가 변했는데 당신의 사랑이 왜 변하지 않겠어? 그녀가 갑자기 웃음을 터뜨렸다. 그게 작품에서 내가 가장 좋아하는 대목이야. 그 남자가 나에게 섹스의 대가로 돈을 줬다고 하자 내 남자친구가 얼마를 받았느냐고 묻는 거야. 그는 내가 그 남자에게 얼마의 가치가 있는지 알고 싶을 뿐이지. 그런 질문은 스위스 사람만 할 수 있어.

막달레나는 50년대에 지은 임대주택 앞에 거의 두 시간가량 서 있더니, 데려다줘서 고맙다고 나에게 인사를 하고 내 뺨에다 짧게 키스를 한 뒤, 내가 또 자기를 데려다줬으면 좋겠다고 말했다.

14

저는 제가 아름다움을 잃어버려도 저를 사랑할 수
있겠느냐고 그에게 묻지 않았어요. 레나가 말했다. 저
는 제 경우를 물어본 것이 아니라 일반적인 사람들을
대상으로 물은 거예요. 하지만 그는 그렇게 이해했소.
내가 말했다. 그리고 우리가 헤어질 때 그는 제 입에다
키스를 하려고 했어요. 그녀가 말했다. 하지만 저는 고
개를 돌렸어요. 시간이 좀 늦었었지. 내가 말했다. 제가
아름다움을 잃어버린다면 어떻게 될까요? 레나가 물었
다. 그래도 그가 저를 사랑할까요? 당신은 그때와 마찬
가지로 여전히 아름답소. 내가 말했다. 저는 선생님이
아니라 크리스와 저를 두고 얘기하는 거예요. 레나가
말했다.

우리는 벌써 오래전부터 차량 통행이 많은 거리를 따라 걷고 있었다. 도로 양쪽으로 공장과 창고, 작업장 그리고 자동차정비소와 문이 닫힌 주유소가 늘어서 있었다. 정비소 옆에는 중고 자동차들이 가득 들어선 공터가 있었다. 화장실이 급해요. 레나가 말했다. 저 앞에 불이 환하네. 내가 말했다. 2, 3백 미터를 걸어가자 우리는 불이 환하게 밝혀진 가구점에 도착했다. 가구점은 아직 열려 있었다. 외롭게 혼자 있던 판매원이 뭘 찾느냐고 우리에게 물었다. 독서용 안락의자를 찾는다고 내가 대답했다. 그러는 동안 레나는 화장실을 찾으러 사라졌다. 판매원이 나에게 여러 모델을 보여주며 토막 영어로 각 모델의 장점을 설명했다. 잠시 후 레나가 돌아와서 팔을 끼며 말했다. 우리 침대나 사요, 여보. 그러더니 판매원에게 말했다. 우린 신혼부부예요. 그래서 우선 튼튼한 침대가 필요한데, 남편이 뭔가 잘못 생각했어요. 판매원은 어리둥절한 표정으로 고개를 젓더니 말했다. 침대는 4층에 있는데요. 저희 가게는 20분 후면 문을 닫습니다. 그러면서 그가 엘리베이터를 가리켰다. 우리는 감사하다고 말했다.

침대 전시실에는 침구가 갖춰진 침실들이 있었고, 침

대와 침대용 탁자 그리고 벽장이 구비된 전시실도 있었다. 레나는 하얀 망사커튼이 달린 식민지 양식의 4주식 침대 앞에 가서 멈춰 섰다. 침대 좌우에는 침대에 어울리는 소형 탁자가 놓여 있었고, 금빛 양초가 꽂힌 커다란 단철 촛대가 세워져 있었다. 이 방과 옆방을 구분 짓는 칸막이벽에는 동화 속의 숲이 그려져 있었는데, 숲에서는 엄청나게 큰 사슴이 한가하게 풀을 뜯고 있었다. 좋은 꿈 꾸세요, 레나가 웃으며 말했다. 제가 날씬하고 건강한 꼬마 사슴이라면 푸른 숲으로 갈 텐데…… 어떤 사람들이 저런 침실을 살 수 있는지 상상할 수 있으세요? 그녀는 남편 앞에서 이런 가구를 원하는 부인 역할을 몇 가지 동작과 표정, 문장으로 연기했다. 여보, 하고 그녀가 말했다. 이거 사요, 이거 사자고요! 예전부터 난 천개가 달린 침대를 갖고 싶었어요.

판매원은 어디에도 보이지 않았다. 생명이 없어 생식 불능이라는 점에서 모두가 똑같아 보이는 생활용품들이 운집한 곳을 걷는 기분이 어쩐지 좀 으스스했다. 다음 침실에는 가문비나무로 소박하게 만든 가구들이 비치되어 있었다. 레나는 훌륭한 어머니 내지 가정주부가 되어 그것들을 어떻게 간단히 조립하는지, 어떻게 세척

하는지, 그리고 우리 자식들이 성장해서 각자 자기 침대를 원할 때 이층 침대를 어떻게 싱글베드 두 개로 만드는지를 지어낸 스웨덴어로 설명했다. 우리 아이가 몇명 되는 거지? 내가 물었다. 물론 두 명이죠. 딱 알맞게 아들 하나와 딸 하나예요. 그다음 침실에서는 그녀가 돌연 상점 주인이 되어 강관鋼管으로 만든 가구를 추천하며, 기능이 좋은지 실험이라도 하려는 듯 모든 서랍을 열어 보였다. 마지막으로 그녀는 관능적인 유혹자가되어 검은색 래커칠을 입힌 거울 달린 침대의 빨간 이불 위에 앉아서 집게손가락으로 나를 유혹했다. 나는 그녀 옆에 앉아 그녀가 연기한 여자들 중 누가 자신과가장 닮았느냐고 물었다. 어떤 여자가 선생님 마음에 들어요? 그녀가 되물었다. 내가 미처 대답하기 전에 그녀가 말했다. 그 여자들은 모두 이곳 상투적인 침실들처럼 상투적인 여성상이에요. 가령 여기 바닥에 브래지어가 떨어져 있고, 침대에 고양이가 앉아 있고, 침대 옆탁자에 크로스워드 퍼즐 잡지와 수면제 갑이라도 놓여있으면 진짜 현실 같겠죠. 욕실에서 샤워하는 소리가들리고, 열린 창문으로 도시의 소음이라도 들려오면 그렇겠지. 내가 덧붙였다. 다른 도시, 미국이라면 좋겠죠.

커튼이 바람에 날리고 말이에요. 레나가 말했다. 그런
데 우리가 언제 처음으로 키스를 제대로 했죠? 그녀가
물었다. 몇 달 후였소. 내가 말했다.

15

나는 이제 공연이 끝난 뒤 될 수 있는 한 자주 막달레나를 데리러 갔다. 그녀는 매번 다른 길을 택했다. 그래서 우리는 인적이 끊어진 주택가에서 자주 길을 잃었다. 그 때문에 멀리 돌아오는 바람에 전날보다 한 시간가량 늦어지기도 했다. 하지만 그 당시 나는 시간이 자유로운 광고회사의 카피라이터로 일했기 때문에 아침에 일찍 일어날 필요가 없었다. 다시 말해 밤이 늦어도 상관없었다는 말이다. 가는 길에 아직 문이 열린 술집을 지나게 되면 우리는 들어가 맥주나 와인을 한 잔씩마셨다. 이따금 우리는 밤 올빼미들과 이야기를 나누고, 술 취한 사람들이나 고독한 사람들의 이야기를 들어주기도 했다. 한번은 결혼 피로연에 끌려 들어간 적도 있었다. 술이 거나하게 취해 연회장 앞에서 담배를 피우던 사람 몇이 우리를 끌고 들어가 우리에게 신랑 신부를 소개하고, 우리가 결혼케이크를 먹을 때까지 놓아주지 않았다. 우리가 막 자리를 뜨려고 하자 취객 중 한 명이 막달레나에게 부케를 쥐여줬으나, 그녀는 부케를 다시 돌려주며 자기는 결혼할 생각이 없으니 다른 제물을 찾아보라고 말했다.

막달레나는 봄에 병이 났을 때 비로소 나를 자기 집에 불러들였다. 이제 막 어떤 작품 공연 연습을 다시 시작했는데 감기에 걸린 것이다. 어느 날 아침 그녀로부터 전화가 왔는데, 감기에 걸렸으니 자기에게 좀 와줄 수 없겠느냐고 했다.

그녀는 잠옷 바람으로 문을 열고 나를 들어오라고 했다. 그녀의 두 뺨은 마치 볼연지라도 바른 것처럼 진홍빛을 띠고 있었다. 그 밖의 모습은 예전과 다름없었다. 차 좀 끓여줄래요? 그녀가 물으며 어두운 복도를 통해 나를 부엌으로 데리고 갔다. 찾을 수 있겠지, 응? 잘 찾아봐요. 나 침대에 누워 있을게. 그녀는 되돌아가며 말했다. 찬장을 열 때 나는 뭔가 옳지 않은 짓을 하는 것 같았다. 나는 필요한 것을 모두 찾아냈다. 물을 올려

놓고 거실로 갔다. 가구들은 중고 가구점에서 구입해 온 것 같았으나, 재치 있게 골라 배합이 잘 이루어져 있었다. 모두가 50, 60년대 스타일이었는데, 커다란 책장만은 작업실 같은 데 들여놓는 값싼 표준형이었다. 나는 막달레나가 책을 많이 가지고 있어 놀랐다. 책들은 작가 이름에 따라 알파벳순으로 정리되어 있었는데 대체로 하드커버였고, 아마도 고서점에서 구입한 것들 같았다. 그중에는 고전 작품들도 많이 눈에 띄었다. 괴테와 켈러 등의 작품 전집들이 있었는가 하면, 현대 작품들, 이를테면 첼란과 바흐만, 헤밍웨이, 카프카 같은 작가의 책들도 꽂혀 있었는데 이것들은 낡은 페이퍼백이었다.

부엌에서 찻주전자의 휘파람 소리가 들렸다. 부엌으로 건너가 차를 따랐다. 김이 무럭무럭 나는 찻잔 두 개를 들고 침실로 갔다. 막달레나는 침대에 허리를 곧추세우고 앉아 잔뜩 기대에 찬 표정으로 나를 기다리고 있었다. 다시 그녀의 빨간 뺨이 눈에 띄었다. 그녀의 음성은 평소보다 가라앉아 있었고, 숨이 좀 찬 듯했다. 왜 그런 느낌이 들었는지 모르겠지만, 나는 그녀가 꾀병을 앓는 것 같았다. 분위기가 온통 목적이 불분명한 연극처럼 느껴졌다. 동시에 나는 막달레나가 나를 시험해보고 있다는 느낌을 떨쳐버릴 수 없었다. 그녀는 내 일거수일투족을 관찰하며, 이따금 나에게 이런저런 잔소리를 해댔다. 침대 옆 탁자에 있는 책들을 치우라, 커튼을 열라, 찻잔들이 잘못 놓여 있으니 올바로 제자리에 놓으라는 것이었다. 그러더니 마침내 그녀는 만족한 표정으로 다시 베개에 머리를 내려놓았다. 이제 당신이 원하는 대로 정리가 된 건가? 내가 물었다.

그녀는 새로운 역을 연습하고 싶은데 머리가 아파 집중이 잘 안되니 내가 좀 도와줄 수 있겠느냐고 했다. 그러더니 침대 밑에서 종이 한 묶음을 꺼내 나에게 내밀었다. 남자 역을 읽어줘. 남자가 율리와 대화하는 장면만 말이야. 다른 대목은 필요 없어. 지문은 어떻게 하지? 그녀는 고개를 저었다. 시작해요.

오늘 저녁엔 미스 율리가 다시 미쳤어, 완전히 미쳤다고! 내가 읽었다. 아니야, 그거 말고. 막달레나가 말했다. 그건 크리스틴한테 하는 말이야. 그러면서 내 손에서 대본을 빼앗더니 몇 장을 넘긴 후 한 곳을 가리켰다. 여기서부터.

두 분끼리 무슨 비밀이라도 있는 건가요? 내가 읽었

다. 막달레나가 자기 옆에 있던 휴지갑에서 휴지 한 장을 꺼내더니 내 코앞에다 대고 부채질을 했다. 궁금한가? 아, 제비꽃 향기가 참 달콤하군요! 내가 읽었다. 뻔뻔스럽기는. 막달레나가 애교 섞인 음성으로 말했다. 향수에 대해서도 잘 아는가 보지? 춤출 줄 알지……? 그녀가 일어서더니 내 의자 뒤로 걸어와서 두 손을 내 어깨에 얹어놓았다. 이리 와. 나하고 스코틀랜드 춤 춰, 장. 누구한테도 무례한 짓을 하고 싶지 않은데요…… 내가 계속 읽었다. 내가 이 집 주인이야. 막달레나가 말했다. 내가 이제 정말 춤을 추고 싶은데, 이왕이면 나를 리드할 수 있는 사람과 출래. 그런 대사는 여기 없는데. 내가 말하며 그녀를 올려다보았다. 그녀는 정말 화가 난 표정으로 나를 쳐다보며 아플 정도로 내 어깨를 꽉 붙잡았다.

16

레나는 침대에 누워서 눈을 감았다. 그녀는 백일몽을
꾸는 소녀처럼 보였다. 내가 그녀의 어깨에 손을 얹자
그녀가 일어나 앉으며 무슨 생각을 하느냐고 물었다.
막달레나 생각. 내가 말했다. 당신은?

파란색 유니폼을 입은 남자가 복도를 따라 걸어왔다.
우리를 본 그는 놀라며 스웨덴어로 뭐라고 말했다. 우
리가 어리둥절하여 그를 쳐다보자 그가 영어로 말했다.
상점이 이제 문을 닫는데 안내방송 못 들었느냐고 했
다. 그는 엘리베이터까지 우리를 따라와서 우리가 엘리
베이터를 탈 때까지 기다렸다. 아쉽네요. 엘리베이터가
아래로 내려가는 동안 레나가 말했다. 저 위 참 편안했
는데. 선생님은 희곡 작품도 써보셨어요? 방송극은 써

봤소. 내가 말했다. 레나는 나보다 앞서 출구로 나갔다. 거기에는 먼젓번 판매원이 서 있었다. 그는 우리에게 문을 열어주며, 안녕히 가시라고 인사했다. 그는 아마도 우리가 신혼부부라고 한 레나의 말을 사실로 믿었던 것 같았다.

그녀 집에서 처음으로 우리는 키스를 했소. 우리가 상점 앞으로 다시 나왔을 때 내가 말했다. 그녀는 아팠소. 나는 그녀가 아우구스트 스트린드베리의 「미스 율리」를 연습할 때 도와줬소. 레나는 그 말에 아무 대꾸도 하지 않았다.

우리는 거리를 따라 계속 걸었다. 먼젓번보다 더 천천히 걸었다. 모든 것이 가능한, 그러나 아무런 의미도 없는 꿈의 세계를 걷는 것 같았다. 난 아직도 그녀를 사랑하오. 드디어 내가 나직하게 말했다. 처음에 나는 레나가 내 말을 못 들은 줄 알았다. 그러나 잠시 후 그녀가 말했다. 선생님은 막달레나를 사랑하는 거지 저를 사랑하는 게 아니에요. 우리는 서로에 대해 아무것도 몰라요. 내가 사랑했던 막달레나는 당신처럼 젊고 아름답고 편안한 여자였소. 내가 말했다. 어떤 남자가 저를 단지 젊고 아름답고 편안하다고만 여기면 저는 그

자리에서 달아나고 말 거예요. 레나가 말했다. 그녀가
오늘은 어떤 모습을 하고 있을지, 어떻게 보일는지 모
르겠군. 내가 말했다. 어쩌면 날 오래전에 잊어버렸을
거야. 말도 안 돼요. 레나가 말했다. 그 여자는 선생님을
잊지 않았어요. 그동안 두 분 사이에 무슨 일이 있었건
간에요. 난 이미 어제 당신과 이야기하고 싶었소. 내가
말했다. 호텔 앞에서 당신을 기다렸지. 하지만 막상 당
신을 보는 순간 용기가 사라져 말을 걸지 못했소. 내 도
플갱어를 만난 것보다 더 큰 쇼크였소. 나는 오후 내내
당신을 미행했소. 최소한 몇 시간만이라도 내가 다시
젊어져서 내 인생에 변화를 줄 수 있다면, 하는 환상 속
에서 살고 싶었소.

17

　레나를 무대에서 처음 보았을 때 이미 나는 그녀가 막달레나와 닮은 것 같아 놀랐다. 그녀가 호텔에서 나와 내 앞에서 불과 몇 미터 떨어지지 않은 거리에서 발길을 멈춰 섰을 때 나는 숨이 멎을 것 같았고, 잠시 사지가 마비되는 것 같았다. 그녀는 잠시 망설이며 좌우로 거리를 둘러보더니 발길 닿는 대로 걸음을 옮기는 듯했으나, 목표는 시내 방향으로 정하고 있었다. 그녀는 상당히 빨리 걸었다. 나는 주저 없이 곧장 그녀를 따라갔다. 그녀는 16년 전에 나를 따라 스톡홀름으로 갔던 막달레나와 꼭 닮아 보였다. 그녀는 탄력 있게 걸었다. 막달레나처럼 거의 껑충껑충 뛰는 것 같았다. 표정도 놀라움과 즐거움이 뒤섞인 그런 표정이었다. 가끔 그녀는 갑자기 목을 길게 빼고 마치 위에서 무슨 소리라도 들려오는 것처럼 위를 쳐다봤다. 그렇게 무언가를 기다리는 듯하더니 그녀의 얼굴이 진지해졌다. 한순간 그녀는 자기만이 들을 수 있는 소리를 들으려는 듯 열심히 귀를 기울이는 것 같았다.

우리는 3년 전부터 동거를 했다. 나는 내 집을 포기하고 막달레나 집으로 이사했다. 그동안 그녀는 어떤 독립극단에서 활동했다. 나는 광고회사에서는 어쩌다 한 번씩 카피를 작성하고, 대체로 신문과 잡지에 기고를 했다. 문학작품을 쓰고 싶은 소망은 결코 포기한 적이 없었지만, 그렇다고 그 소망을 이루려고 전력투구를 하지도 않았다. 막달레나와 내 삶에 관한 글은 진척을 보지 못했다. 나는 언젠가 그녀에게 이 이야기를 하면서, 우리의 삶에는 문학적으로 형상화할 만한 이렇다 할 사건이 없다고 주장했다. 그런 걸 왜 모두 글로 옮겨야 하지? 내가 말했다. 우리가 이렇게 살고 있으면 됐지. 그러나 실은 막달레나가 다시 낯설어질까 봐 두려웠다. 픽션 속의 그녀가 실제의 그녀를 몰아낼까 봐 두려웠던 것이다. 막달레나는 내가 그 구상을 포기하기를 잘했다고 생각하는 것 같았다. 그녀는 자기가 맡을 수 있는 배역을 희곡으로 쓰면 되지 않느냐고 내 용기를 북돋아줬다. 하지만 나는 그것도 할 수 없었다. 당신이 아무 연기도 하지 않는 것이 난 제일 좋아. 내가 말했다. 사실 나는 그녀가 무대에 서는 것이 달갑지 않았다. 아마도 그녀가 다른 사람이 되는 것을 보고 싶지 않았고, 우리의 사랑이 그녀의 가슴속에 깃든 유일한 가능성이 아닌 상황을 보고 싶지 않았는지도 모르겠다.

그녀가 나와 함께 있을 때도 나는 이따금 그녀가 연기를 한다는 생각이 들었다. 의도적인 것은 아니고, 달리 어쩔 수 없어서 그러는 것 같았다. 어쩌면 내가 그녀에게 진정 가까이 다가갈 수 없다는 느낌, 그녀를 결코 충분히 들여다볼 수 없으며, 그녀를 완전히 소유할 수 없다는 느낌, 바로 이것이 나로 하여금 그녀 곁에서 떠나지 못하게 하는 것 같았다. 나는 그녀가 나를 어떻게 여기는지 도무지 알 수가 없었다. 그녀가 나를 사랑한다는 유일한 증거는 그녀가 내 곁에 있다는 것뿐이었다. 우리가 함께 파티에 가거나 초연 축하 모임에 가면 그녀는 남자들에게 둘러싸였는데, 그들은 유머와 지적인 면이 나보다 출중해 보였고, 그리고 무엇보다도 나보다 성공한 사람들이기 때문에 나보다 그녀에게 더 많은 것을 안겨줄 것 같았다. 그녀는 잠시 이런저런 사람들과 시시덕거리다가도 이제 집에 가야 한다고 어김없이 말하는 여자였다. 그녀에 대한 내 사랑은 고통스럽고 애절한 것이었다. 우리는 이미 동거 중인데도 그녀가 예정보다 좀 늦게 집에 돌아오는 날이면 나는 가끔 가슴이 두근거렸다. 그러다 그녀가 갑자기 집에 들어서면, 그 전에는 그녀가 한 번도 그 자리에 없던 사람처럼 느껴졌다.

어느 날 막달레나가 신문광고를 보여줬다. 텔레비전 방송국에서 새로운 드라마 시리즈 작가를 모집한다는 것이었다. 이거야말로 우리를 위한 거야. 그녀가 말했다. 당신이 각본을 써봐. 그러면 내가 주연을 맡고. 우린 부자가 되고, 메릴린 먼로와 아서 밀러처럼 유명해질 거야. 이 두 사람 이야기는 결말이 좋지 않았어. 나는 이렇게 말했지만 응모했다. 아이디어를 몇 가지 구상해서 샘플 장면 몇 장을 적어 방송사 편집국에 보냈다. 면담 요청이 왔다. 면담 자리에서 담당자는 내 아이디어가 드라마로 옮기기에는 마땅치 않지만 잠재력은 어느 정도 있다고 했다. 나는 다시 작업을 해서 산속의 기상

학연구소에서 벌어지는 사건 시리즈를 담당자에게 보냈다. 몇 달간 나는 TV방송국 사람들과 정기적으로 만났다. 그들은 더 많은 시청률을 확보할 수 있는 대본을 만들어내라고 매번 성화를 해대며, 자기네가 선호하는 작품이라고 생각하는 극본들을 내게 보내왔다. 그러면서 내가 독창적이고 재기 넘친다고 생각하는 대화들을 하나둘 삭제했다. 어쨌든 나는 내 작업에 대한 대가를 섭섭지 않게 받았으며, 심지어 편집자 및 연출가와 함께 스톡홀름에서 열리는 극작가 워크숍에 초대받기도 했다. 이 워크숍은 미국의 TV극작가가 주재했다.

나는 시내 구경을 좀 하고 싶었으나, 유럽 각지에서 온 남녀 작가들과 온종일 이름 모를 호텔의 회의실에 앉아 미국 작가가 스토리라인과 플롯 포인트에 관해 이야기하는 걸 들어야 했다. 그는 우리가 자신의 강의에 감동받기를 바라는 것 같았다. 여러분 자신 외에 여러분을 저지할 사람은 아무도 없습니다. 이렇게 말하면서 그는 팁과 트릭이 적힌 유인물을 나눠줬다. 그는 칭송받는 방송작가가 되려면 우리가 그의 조언을 따라야만 한다는 식으로 말했다. 나는 그가 성공적인 글쓰기의 비밀을 그렇게 잘 알고 있다면 왜 스웨덴의 중급 호

텔에서 워크숍이나 주재하는지 궁금했다. 허풍쟁이 미
국 작가와 열심히 그의 말을 받아 적는 사람들, 그리고
나와 함께 회의에 참석한 편집자와 연출가 등, 이 모든
것이 온통 나를 우울하게 만들었다. 두 사람은 나를 초
보자 취급했다. 물론 내가 초짜이긴 했다. 그날 낮을 시
내에서 보낸 막달레나는 오후 늦게 자기와 만나면 자
기가 낮에 뭘 했는지 이야기해주겠다고 했다. 저녁에
모든 참가자들과 워크숍 주재자가 함께 저녁을 먹으러
갔다. 첫날 저녁은 막달레나가 자리를 함께했으나, 그
녀는 나보다 더 지루해하는 것 같았다. 한밤중에 호텔
로 돌아왔을 때 그녀는, 자기에겐 작가 한 사람이면 충
분하다고 말하며 다음 날은 혼자 식사를 한 뒤 연극이
나 영화를 보러 갈 거라고 했다.

   레나를 따라가는 동안 나는 16년 전에도 누가 막달
레나를 따라갔었는지 곰곰이 생각해보았고, 내가 도플
갱어를 가졌을 뿐 아니라, 나 자신이 이야기를 관통하
는 항상 동일한 삶의 끝없는 사슬의 한 부분이 아니었
나를 숙고해보았다. 나는 그 당시 막달레나가 자기 일
상에 관해 나에게 이야기한 것에 대해, 그리고 그녀가

자기에게 뚱딴지같은 이야기를 해댄 어떤 남자와 숲속 공동묘지에 갔었는지를 기억해보려고 했다. 그녀가 그런 일들이 있었다고 인정했던가? 그녀가 그의 말을 믿었던가? 레나가 내 말을 믿었을까?

레나는 몇 군데 상점에 들러 옷과 신발, 생활 소품을 훑어보다가 붉은 칠을 입힌 장난감 목마 한 개와 유리 갓을 단 등 두 개, 티셔츠 한 벌을 샀다. 티셔츠에는 I love Swedish Girls라는 글귀가 새겨져 있었다. 그녀는 작은 카페에서 점심을 먹었다. 나는 그녀를 놓칠까 봐 카페 앞에서 기다리며 커다란 창문을 통해 안을 들여다보았다. 그녀는 웃으며 종업원과 이야기를 나누고 있었다. 종업원이 그녀에게 길을 가리켜주는지 팔을 들어 손짓을 했다. 식사를 한 후 그녀는 목적지를 향해 곧장 걸어갔다. 그녀가 나를 인도한 곳은 강을 끼고 있는 의 고전풍 국립박물관이었다.

박물관에는 관람객이 거의 없었다. 나는 조용한 전시 장을 거니는 그녀의 뒤를 따라갔다. 그림들은 빽빽하게 걸려 있는데 어떤 곳에는 그림이 아래위로 걸려 있기도 했다. 몇몇 전시실에는 조각품들이 놓여 있었다. 이동식 가벽에 더 많은 그림들이 걸린 곳도 있었다. 레나는 미술작품에 특별히 관심이 있는 것 같지 않았다. 그녀는 발걸음을 멈추지 않고 대충 쓱 둘러보았다. 아니면 뭔가를 또는 누군가를 찾는 듯한 동작이었다. 그녀는 단 한 번 정물화가 몇 점 걸려 있는 곳에서 걸음을 멈췄다. 그녀가 지나간 다음 나도 그곳에서 그림들을 보았다. 17세기의 어떤 네덜란드 화가가 그린 그림들로, 가지런히 정돈된 포획물들, 이를테면 죽은 여우며 새, 토끼들이었다. 그 밖에도 어떤 그림에는 개 두 마리가, 또 다른 그림에는 고양이 한 마리가 죽은 새들을 향해 발톱을 쭉 뻗고 있었다.

레나는 계속해서 걸었다. 나는 곧 그녀를 다시 따라잡았다. 그녀는 전시실 두 곳을 지나 벤치에 앉더니 생각에 잠겨 앞을 응시했다. 그녀는 내가 자기를 따라가는 것을 눈치채지 못한 것 같았다. 나는 모퉁이에 들어서서 그림을 보는 체했다. 그 그림, 즉 보나르의 나체상을 보는 체하면서 흘끔흘끔 그녀를 곁눈질해보았다. 마침내 그녀는 자리에서 일어서서 단호한 동작으로 되돌아서더니 자기가 거쳐 온 전시실을 빠른 속도로 걸어서 박물관을 나와 호텔로 발길을 옮겼다. 나는 완전히 지쳐 있었다. 빠른 속도로 시내를 걸어왔기 때문이 아니라, 마음이 지쳐 있었던 것이다. 나는 로비에서 간단하게 몇 자 적어 메모지를 레나의 방으로 갖다주라고 수위에게 부탁했다. 내일 오후 2시에 숲속 공동묘지로 와주세요. 댁에게 이야기해드릴 게 있습니다.

18

참 신기하네요. 레나가 말했다. 어제 박물관에서 선
생님을 전혀 보지 못했어요. 박물관을 나와서도 누가
저를 따라온다는 걸 눈치채지 못했고요. 그런 행동을
한 선생님에게 당연히 화를 내야 할 것 같은데, 왠지 화
가 나지 않는군요. 왜 그런지 저도 알 수 없네요. 이따금
우리가 이미 오래전부터 알고 있던 사이같이 느껴져
요. 수렵도狩獵圖에 왜 그렇게 관심을 가졌소? 내가 물
었다. 저도 잘 모르겠어요. 그녀가 대답했다. 어쩌면 그
런 그림이 내뿜는 정적 때문이었는지, 수렵을 향한 정
적이랄까. 죽음을 향한 정적 말이오? 내가 물었다. 그
녀는 잠시 뜸을 들인 후 말했다. 그 사람이 선생님과 같
고, 제가 선생님의 막달레나와 같다면, 우리가 15년 내

지 20년 전의 선생님과 막달레나와 같은 삶을 사는 것이라면, 우리의 부모 또한 그와 똑같은 삶을 살았을 테고, 우리의 친구들과 우리가 사는 집, 그리고 저와 선생님의 막달레나가 등장하는 연극, 크리스와 선생님이 쓴 대본, 이 모든 게 동일한 것이 되겠네요. 그렇다면 온 세상이 이중구조로 구성되어야겠죠. 그렇지 않소, 그렇지 않다고. 내가 말했다. 차이가 있소, 편차가. 오류들이 있지. 우리의 삶을 우선 가능하게 하는 비대칭들 말이오. 언젠가 물리학자와 한번 이야기한 적이 있소. 그 사람 설명에 의하면, 전 우주는 작은 오류, 즉 물질과 반물질 사이의 작은 불균형에 근거해 있다는 것이오. 이런 불균형은 틀림없이 빅뱅 때 생긴 거라고 하오. 이런 오류가 없었다면 물질과 반물질은 이미 오래전에 상쇄되어 우주에는 아무것도 존재하지 않게 된다는 거요. 그렇담 아주 작은 오차가 배가된다는 말씀 아닌가요? 레나가 물었다. 선생님과 막달레나가 그 당시 내린 결정과 그 사람이나 제가 내리는 결정이 다를 경우, 그 결정은 계속해서 다른 결정으로 이어진다는 말씀인가요? 그렇게 생각할 수도 있겠지. 내가 말했다. 하지만 당신은 언제고 항상 원래의 길로 다시 되돌아오게 돼 있소. 당신의 행위는 실제로 일어나는 일에는 전혀 영향을 미치지 못한다는 말이오. 어떤 작품이 여러 연출가에 의해 연출될 경우와 마찬가지요. 무대가 달라지고 심지어 대사가 바뀌거나 축소되어도 줄거리는 변함없이 진행된다는 것이오.

레나가 걸음을 멈추고 스마트폰을 꺼냈다. 크리스한테 문자 좀 보내야 해요. 이렇게 말하며 그녀는 스마트폰에다 몇 자 적었다. 극장에 와 있다고 적고 있어요. 어제 시나리오 작가들과 저녁을 함께했는데 정말 지루했어요. 그 친구 당신 말 믿지 않을걸, 질투할 것 같은데. 내가 말했다. 그 당시 그랬어요? 이렇게 물으며 그녀가 스마트폰을 다시 집어넣었다. 그 당시 우리에겐 스마트폰이 없었소. 내가 말했다. 내가 호텔로 돌아왔을 때 막달레나는 없었소. 그날 아침에 우린 다퉜소. 그녀는 화가 나면 종적을 감추곤 했지. 그러고 나서 다시 나타나면 아무 일도 없었던 것처럼 행동했소.

그건 사실이에요. 레나가 말했다. 저는 미스 율리를 연기했어요. 그 사람은 제가 그 역을 연습할 때 저를 도왔어요. 그리고 그때 우리는 처음으로 키스를 했고요. 내가 그녀 쪽으로 몸을 돌리자 그녀는 내 시선을 피했다. 하지만 가로등 빛이 희미했음에도 불구하고 나는 그녀의 얼굴이 붉어지는 걸 보았다. 방금 든 생각인데요, 선생님은 틀림없이 저에 대해 모든 걸 알고 계신 거같아요. 선생님의 이야기가 맞는다면 말이에요. 제 말은…… 우리가 어디로 휴가 여행을 갔는지, 우리가 무엇에 대해 이야기했는지, 우리가 무슨 경험을 했는지뿐만 아니라 아주 개인적이고 은밀한 것들까지도 알고 계신다는 생각이 들었어요. 당신이 치약을 제대로 짜냈는지 같은 거 말이오? 그것보다 좀더 은밀한 것까지도요. 레나가 말했다.

나는 더 이상 말을 하지 않았다. 그녀를 더 이상 당황스럽게 만들지 않기 위해서였다. 나는 막달레나와 내가 그날 오후에 처음으로 서로 사랑을 나누었다는 생각이 났다. 막달레나는 유난히 속내를 드러내지 않았다. 그녀의 입술은 메말라 있었다. 아마도 열 때문인 것 같았다. 그녀는 내 키스에 거의 응답하지 않았다. 그렇다고 거부하지도 않았다. 내가 그녀의 잠옷을 벗기자 그녀는 별다른 반응 없이 불가피한 일인 것처럼 그냥 가만히 있었다. 잠시 후 그녀가 말했다. 침대로 들어와요, 그게 더 좋겠어.

그 후 우리는 이따금 잠자리에서 밤새 서로 떨어지지 않았다. 섹스 때문이 아니었다. 우리 두 사람은 채워지지 않는 허기를 느끼고, 서로가 아주 밀착되어 한 덩어리가 되어야겠다는 욕망을 느낀 것 같았다. 우리는 완전히 지쳐 침대에 나란히 누워 있었다. 막달레나는 한쪽 손을 턱에 괸 채 호기심에 찬 눈으로 나를 바라봤다. 나는 그녀를 끌어당겨 키스를 했다. 우리는 다시 시작했다. 둘 중 한 사람이 졸음이 올 때까지 계속해서 사랑을 나누었다.

19

그럼 선생님은 온종일 누가 선생님을 따라다닌다는 느낌을 받으며 살았다는 거예요? 레나가 내 생각을 중단시켰다. 처음엔 미칠 것 같았소. 내가 말했다. 난 그 친구에게 화가 났소. 어쩌면 질투였는지도 모르지. 하지만 다음 순간 그 친구가 가엾게 느껴지기 시작했소. 왜냐하면 그 친구는 어쩔 도리가 없었기 때문이오. 그 친구의 일생은 미리 예정되어 있었지. 나에 의해 선취되어 있었단 말이오. 난 그 친구에 대해 책임이 있다고 느꼈소. 모든 것이 두 번에 걸쳐 일어난다면, 가령 어떤 사람이 내리는 결정이 매번 그 자신뿐만 아니라 그에게 내맡겨진 다른 사람에게도 똑같이 영향을 미치게 된다면, 그 사람은 어떤 결정을 내릴 때 신중에 신중을

기하게 되겠지.

어딘가에 나와 똑같은 사람이 있다고 생각하면 기분이 묘해져요. 레나가 말했다. 누가 나와 똑같이 생기고, 나와 똑같은 삶을 살 뿐만 아니라, 나와 똑같이 생각하고, 나와 똑같이 느낀다면, 그런 상상만 해도 재미있을 것 같아요. 서로 얘기를 하지 않고도 나에 대해 모든 것을 알고, 나도 그쪽에 대해 모든 것을 알고 있는, 그런 아주 가까운 친구가 있다는 상상을 하면요. 그렇지 않소. 내가 말했다. 그렇게 된다면 더 이상 온전한 인간이 못 되고, 해체된 존재 같은 게 될 거요. 상상만 해도 끔찍한 일이지. 어쩌면 누구나 어딘가에 도플갱어를 가지고 있을지 몰라요. 레나가 말했다. 선생님은 운이 나빠 도플갱어를 만난 거예요. 왜 그런지는 모르겠지만, 하고 내가 말했다. 난 가끔 도플갱어가 오로지 나 때문에 존재한다는 생각이 들곤 하오. 내가 그를 만나지 못했다면 그는 존재하지 않았을 거요. 그는 내 기억 속에 있는 어린아이 같은 존재요. 그 기억이 현실이 된 거지.

선생님은 우리의 삶에 개입하고 싶은 유혹을 느낀 적이 한 번도 없으신가요? 레나가 말했다. 선생님이 범한 오류를 수정하고, 우리의 인생을 다른 방향으로 인도하고 싶은 유혹 말이에요. 아니면 단지 그다음에 무슨 일이 일어날지 시험해보고 싶은 호기심이랄까요. 겁이 나오. 내가 말했다. 뭐가 튀어나올지 누가 알겠소?

20

두번째 만남이 있은 지 한참 지나서 나는 다시 그 생
각에 빠져들었다. 나는 젊은 나에 대해 생각하지 않으
려고 노력했지만, 그 친구를 관찰하고, 그가 실제로 나
의 삶을 살고 있는지 살펴보는 일에 빠져들고 말았다.
어쩌면 나 자신을 회상해보고, 모든 것을 다시 한번 경
험해보고 싶었는지도 모르겠다. 그것이 비록 관찰자의
입장에서라고 할지라도 말이다. 그를 발견하는 것은 어
렵지 않았다. 옛 달력들을 살펴보니 16년 전의 내가 바
로 지금의 그 친구였다. 세상이 변하고 대학의 강의 시
간이 달라지고 열차의 시간표가 바뀌었으며, 그가 다른
옷을 입고 유선전화 대신에 스마트폰을 사용하지만, 이
모든 것이 그의 삶에는 아무런 영향을 미치지 않고 있

는 것 같았다.

내 책은 이미 거의 잊혔다. 나는 초대도 별로 받지 못했고, 출판사는 다음 작품이 어떤 것인지 더 이상 묻지도 않았다. 그도 그럴 것이 내가 차일피일 미루면서 여러 차례 출판사를 실망시켰기 때문이다. 사람들도 별로 만나지 않았기 때문에 나는 시간이 남아돌았다. 그래서 나는 거의 매번 그를 쫓아다녔다. 그가 청강하는 강의실에 가서 앉아 있었는가 하면, 그의 집 앞에서 그를 엿보기도 했고, 그가 시내로 가면 나도 따라갔고, 그가 물건을 사는 가게에서 나도 물건을 샀고, 그가 자기 여자친구와 만나는 술집에도 가서 앉아 있었다. 이따금 그와 시선이 마주치기도 했지만, 내가 투명인간이기라도한 것처럼 그는 나를 알아보지 못했다. 아니면 그에게는 내가 아예 관심 밖이었는지도 모르겠다.

젊은 나를 관찰하다 보니 참 신기했다. 실제로 있었던 일 중에서 여러 가지를 잊고 있었고, 여러 가지를 달리 기억하고 있었던 것이다. 내가 얼마나 나이브했는지 나는 놀라지 않을 수 없었다. 그 친구에게 어떤 일을 해보라고 권하고 싶었고 그의 귀에 대고 조언을 해주고 싶었지만, 행동으로 옮기지는 못했다. 그 친구와 정면으로 마주칠 경우 어떤 예기치 못한 일이 일어날 수도 있을 것 같아 두려웠기 때문이다.

나는 내 일을 소홀히 하고 더 이상 친구도 만나지 않고 외출도 하지 않았다. 그러다 언젠가 완전히 지치고 신경이 쇠약해졌을 무렵 나는 다른 도시, 다른 지역으로 이사하기로 결심했다. 가급적이면 그로부터 멀리 떨어져서 더 이상 그를 보지 않아도 되고, 그리하여 마침내 다시 나 자신으로, 나 자신의 삶으로 돌아오기 위해서였다. 몇 번 찾아본 끝에 나는 바르셀로나에 있는 독일어학교에 일자리를 구했다. 그 도시는 내가 가본 적이 없고, 그래서 내 도플갱어가 나를 찾아올 수 없는 곳이었다. 나는 집을 정리하고 물건들 대부분을 팔거나 줘버린 다음 나머지는 친구들에게 맡겼다. 그러고 나서 떠났다.

배가 고파요. 레나가 말했다. 그리고 추워요. 뭐 좀 먹으러 가요. 잠시 후 우리는 음식점을 발견했다. 메뉴가 몇 가지 안 되는 대중음식점이었다. 어두컴컴한 음식점 안에는 남자들 몇 명만 앉아서 맥주를 마시고 있었다. 레나는 식당 한가운데에 있는 식탁을 골랐다. 손님들이 뚫어지게 쳐다보았으나 그녀는 신경 쓰지 않았다. 우리는 간단한 음식을 주문하고 말없이 먹었다. 나는 맥주를, 레나는 물을 마셨다. 전 맑은 머리가 필요해요. 그녀가 말했다. 그 사람 더 이상 보지 않겠다면서 왜 여기에 오셨어요? 순서가 그렇게 되어 있소. 내가 말했다.

바르셀로나에서의 내 삶은 곧 나아졌다. 나는 커다란 가방 하나에 들어갈 만큼의 짐밖에 없었다. 처음 얼마간은 값이 저렴한 여인숙에 거처를 정했다. 나는 아이들과 어울리는 걸 좋아했다. 남녀 동료들과도 곧 친해졌고, 곧 구시가에 작은 집을 구했다. 처음에는 거의 칩거했다. 나 자신으로부터 나를 숨기고, 나 자신으로부터 도망가야 될 것 같았다. 그러나 시간이 흐르면서 나는 좁고 꼬불꼬불한 길들을 자유분방하게 드나들다가 사람들이 많은 곳을 더 선호하게 되었고, 대중들 속에 섞이는 것이 편안하게 느껴졌다. 이따금 나는 밤 반나절을 돌아다녔다. 몇 시간이고 카페에 앉아 있다가 카페가 문을 닫으면 클럽에 가서 삶을 관찰했다. 집 근처에 스위스 사람들이 밤을 새우는 작은 호텔이 하나 있었는데, 아무도 자기네 말을 알아듣지 못한다고 믿고 떠들어대는 그들을 지켜보며 그들의 말을 엿듣는 것이 재미있었다.

나는 한 아르헨티나 여자와 사귀기 시작했다. 그녀는 내 위층에 살고 있었는데, 불법체류자로 아르바이트를 하며 생계를 이어갔다. 남의 눈에 띄지 않고 목적 없이 살면 살수록 내 삶은 따라 하기가 힘들 것이라고 나는 믿었다. 그 여자친구 외에도 나는 다른 아르헨티나 사람들과도 안면을 트고 지냈는데, 그들은 느슨하게 결속된 단체로, 불안정한 환경 속에서도 당국이나 집주인 또는 고용주와 문제가 생기면 서로 뭉쳐서 도와주며 살고 있었다. 언젠가, 그러니까 내가 이 도시에 산 지 7, 8년 됐을 무렵 알마가 고향으로 돌아갔다. 아버지가 병에 걸렸기 때문에 아버지 곁에 가 있겠다고 했다. 그녀와 나는 그녀의 고국에서 레스토랑이나 서점, 심지어 스위스학교를 운영해보자고 얘기했지만, 두 사람 다이 계획을 썩 진지하게 생각하지는 않았다. 아르헨티나로 그녀를 찾아가보겠다는 내 계획도 실천에 옮기지 못했다.

알마가 떠난 후로 나는 생각했던 것보다 그녀가 더 그리웠다. 그럼에도 불구하고 우리의 편지 왕래는 점점 더 뜸해졌다. 그 대신 나는 종종 스위스로 돌아가고 싶은 생각이 들었다. 바르셀로나는 내가 거주한 이래로 해가 갈수록 관광객이 많아졌다. 특히 내가 아직 살고 있는 구시가에 배낭여행자들이 들끓었는데, 그들은 단지 자기들끼리 파티를 즐기기 위해서 온 사람들이었다.

그러던 어느 봄날 토요일 아침에 나는 그 친구를 보게 되었다. 크리스 말이죠. 레나가 말했다. 그렇소. 내가 말했다. 여느 토요일처럼 나는 보케리아로 장을 보러 갔다. 거기서 돌연 그가 내게로 걸어오고 있었다. 나는 곧장 그를 알아봤다. 틀림없는 그 친구였다. 우리의 시선이 잠깐 마주쳤지만, 이번에도 그는 나를 안다는 어떤 표정도 짓지 않은 채 눈썹 하나 까딱 않고 그냥 내 곁을 지나갔다. 깜짝 놀란 나는 발길을 돌려 그를 따라갔다. 그는 물건을 사지 않으면서 가게들을 차례로 둘러보며 어슬렁거렸다. 나는 시장을 나와 구시가로 들어가는 그를 따라갔다. 그는 일정한 목적이 없는지 어떤 카페로 들어가 뭔가를 마시며 작은 노트에 몇 자 적더니 다시 거리로 나섰다.

나는 온종일 그를 바짝 뒤쫓았다. 그를 만난 것은 나에게 쇼크였다. 동시에 나는 마음이 한결 가벼워졌다.

그가 여기에 왔다는 것은 그가 자기 고유의 삶을 산다는 것을 의미했다. 그는 내가 해보지 못한 일을 해냈고, 내가 한 번도 와보지 못한 곳에 온 것이었다. 나는 도플갱어에 대한 이야기 일체에 의심이 들기 시작했다. 어쩌면 모든 것이 내 상상의 산물이며 우리가 처음 만났을 때 나는 취한 상태였고, 게다가 모든 게 아주 오래전 일이어서 마치 악몽을 꾸고 난 다음과 같이 그 모든 것이 비현실적인 것 같았다.

21

　내가 계산을 하자 주인은 다시 카운터 뒤로 사라졌
다. 그때 한 노인이 음식점으로 들어왔다. 얇은 외투만
걸친 그는 추위로 얼굴이 상기되어 있었다. 그는 주위
를 둘러보다가 우리를 보자 우리 쪽으로 한 걸음 옮겨
놓더니 더 가까이 오기가 두려운 듯 멈춰 섰다. 그는 독
일어로 말하고 있었으나 음성이 너무 낮아 말을 거의
알아들을 수 없었다. 너무 늦었군. 그가 말했다. 항상 너
무 늦을 거야. 그가 소리 없이 웃었다. 하지만 그의 눈은
정신 나간 사람처럼 보였다. 내 눈을 한참 동안 빤히 바
라보던 그는 돌연 무슨 심경의 변화가 생겼는지 눈에
서 빛이 사라지면서 빠른 걸음으로 음식점을 나갔다.
　걷고 싶으세요? 레나가 물었다. 그녀는 스마트폰에

열중하느라 방금 일어났던 일을 전혀 모르는 것 같았다. 나는 고개를 끄덕였다. 우리는 다시 거리로 나왔다. 크리스는 분명 자정까지 식사를 할 거예요. 그녀가 말했다. 호텔에 멍청하게 앉아서 그를 기다리기 싫어요. 그녀는 웃으며 스마트폰을 핸드백에 넣었다. 그 친구가 대답을 했소? 내가 물었다. 저는 바르셀로나에 가본 적이 없어요. 레나가 말했다. 그 도시는 아름다운가요? 여기보다 조금 더 덥소. 내가 말했다. 구시가는 바로 바닷가에 있지. 모래사장도 있고. 스톡홀름도 바닷가에 있어요. 레나가 말했다. 아니 호숫가인가?

우리가 음식점에 있는 동안 눈이 오기 시작했다. 싸라기눈이 얇게 덮인 어둑어둑한 차도와 인도에는 자동차 바큇자국과 발자국들이 길게 이어져 있었다.

이 지역은 다시 활기를 띠었다. 커다란 임대주택들 사이의 탁 트인 평지에 조명등이 비추는 스케이트장이 있었는데, 몇 사람이 스케이트를 타고 있었다. 저기 보세요, 저기. 레나가 말하며 피부가 검은 젊은 남자를 가리켰다. 그는 혼자서 커브를 틀고 피루엣을 돌고 심지어 몇 차례 간단한 공중회전을 시도하기도 했다. 그는 오로지 자기 자신을 위해 춤을 추는 것 같았다. 그는 뭔가에 골똘하며 다른 사람들 사이를 자유자재로 뚫고 다녔다. 마치 그들이 존재하지 않는 것처럼. 레나가 빙판에 발을 디뎠다. 이리 오세요. 그녀는 내 팔을 잡아당겼다. 우리는 보폭을 좁혀가며 미끄러운 스케이트장 가장자리를 조심조심 걸었다. 공원 건너편 끝 쪽에서는 노인이 밤을 굽고 있었다. 우리는 군밤을 조금 사서 길을 걸으며 따끈따끈한 밤을 먹었다.

22

내가 왜 내 도플갱어에게 이야기를 통째로 들려주기로 결심했는지, 나 자신도 알 수가 없다. 어쩌면 그 이야기가 갑자기 나 자신에게 일화처럼 생각되었는지도 모르겠다. 어떤 친구의 친구가 겪었다는 도시전설들, 아무도 믿지 않는 저 전설들 중 하나를 그 친구가 다른 친구에게 전한 일화 같은 것 말이다. 크리스가 신호등 옆에 멈춰 섰을 때 나는 그에게 다가가 인사를 하고 시간을 좀 내줄 수 있겠느냐고 물었다. 그는 자기와 똑같은 사투리로 말을 걸어온 것에 깜짝 놀라더니, 그럼요, 라고 대답하며 특별한 일이 없노라고 했다. 나 또한 놀랐다. 그가 젊은 시절의 나와 비슷하게 생겼기 때문이 아니라 곧 밝혀질 나와 다른 점 때문이었다. 다른 점이란 외모가 아니라 그가 말하는 방식과 조금은 작위적인 그의 행동을 두고 하는 말이다. 심지어 그의 친절한 태도조차도 꾸며낸 것 같았다. 그의 웃음 띤 얼굴 가면 뒤에서 나는 찡그린 얼굴과 경직된 얼굴을 보았던 것이다. 본마음을 숨긴 채 다른 사람들은 아랑곳 않고 오로지 자신의 목적을 달성하려는 사람들이 그런 표정을 짓는 것을 나는 종종 보아왔다. 16년 전의 내 얼굴이 그렇게 보였으리라고는 생각되지 않았다. 그는 처음부터 나에게 관심이 없어 보였지만, 내 계획을 변경하기에는 때가 너무 늦었다.

크리스는 바르셀로네타로 가는 길이었다. 바르셀로네타는 바다에 접한 구시가 지역으로 예전에는 주로 어부들과 공장노동자들이 살던 곳이었는데, 그동안 람블라스의 구시가처럼 관광지가 되고 말았다. 그는 해변으로 가고 싶다고 했다. 내가 그리로 안내해주리다. 내가 말했다. 난 이 지역을 잘 알고 있소. 나는 그를 직각으로 교차되는 길고 좁은 길들을 따라 안내했다. 바다를 좋아하기는 했지만 나는 이곳에 그리 자주 오지 않았다. 해변에 가고 싶을 땐 기차를 타고 바르셀로나 북쪽에 위치한 작은 지역 마타로나 칼데타스로 갔다. 번

109

화하지 않고, 주로 지역 주민들이 해수욕을 하는 곳이었다.

집들은 쇠락해 보였다. 1층의 창문들은 대부분 격자 창살이 쳐져 있었다. 거리는 이미 그늘이 드리워져 있었고, 건물의 꼭대기 층들에만 햇살이 비쳤다. 여기저기 발코니에는 빨래가 널려 있었다. 거리에는 부엌 냄새와 바다에서 불어오는 소금기 섞인 바람이 뒤섞여 있었다. 바닷바람은 우리를 붙잡으려는 손들처럼 우리의 온몸을 쓰다듬었다. 길은 종려나무들이 어지럽게 늘어선 산책로에서 해변으로 내려갔다. 수평선에는 크루즈선이 한 척 보였다.

걸으면서 나는 크리스에게 나에 관한, 아니 우리에 관한 이야기를 모두 털어놨다. 우리는 모래사장에 앉아 오는 길에 슈퍼마켓에서 산 맥주를 마셨다. 나는 계속해서 이야기했다. 우리 등 뒤에선 태양이 지평선에 가까워지면서 우리의 그림자를 점점 더 길게 늘어뜨렸다. 구조대원들이 철수해 전망대에는 아무도 없었지만 물에는 아직도 수영하는 사람들이 있었고, 모래사장에는 비치발리볼을 하는 사람들과 이리저리 산책을 하는 사람들이 있었다. 모래사장에서 모이를 찾는 새들이 내 눈에 띈 것은 한참 후였다. 갈매기는 없었고 온통 비둘기들뿐이었다.

내 이야기가 끝나자 크리스는 한동안 생각에 잠기더니 우리의 유년 시절과 청년 시절에 관해 물어보기 시작했다. 우리 외에 아무도 알 수 없는 일들에 관한 세부적인 질문이었다. 내가 맞는 대답을 하면 그가 짧게 고개를 끄덕이며 다음 질문을 했다. 그러나 내 대답이 만족스럽지 못하면 그는 고개를 내저으며 말했다. 그것 보세요! 오차도 있소. 내가 말했다. 물론 오차도 있지. 있을 수 없는 얘기예요. 그가 말했다. 그건 황당한 이야기라고요. 꿈속의 이야기라면 우리의 이야기는 너무 길어요. 제가 몇 년 후에 쓰게 될 책과 선생님이 오래전에 쓰셨다는 책 제목이 뭐죠? 내가 제목을 말하자 그가 스마트폰을 꺼내서 몇 자 적어보더니 경멸적인 웃음을 지으며 말했다. 그런 책은 없어요. 그렇다면 절판되었나 보지. 내가 말했다. 오래된 책이 절판된 게 이상할 거 없지 않소. 그가 계속해서 스마트폰을 두드렸다. 고서점에서도 그런 책은 구할 수 없어요. 그가 말했다. 그리고 중앙도서관 목록에서도 그 책은 찾을 수가 없고요. 중앙도서관에서 그 책을 구입한 걸로 알고 있소. 내가 말했다. 중앙도서관은 스위스에서 출판된 모든 책을 구매한다오. 나는 막달레나와 함께 중앙도서관에 갔었소. 우리는 그 책을 대출했는데, 막달레나가 그 책에다 사인을 하라고 했소. 그걸 보고 도서관 직원이 공공재를 훼손했다고 노발대발하면서 그 책을 빼앗아 갔다오. 아마도 그 때문에 그 책이 도서 목록에서 사라진 것 같소. 영화 속의 한 장면이네요. 크리스가 말했다.

23

이게 이 이야기의 가장 고통스러운 대목이오. 내가
말했다. 그 친구 말이 맞았소. 내가 언젠가 본 그 장면을
내 삶 속으로 끌어들여 기억으로 변화시켰던 것이 틀
림없소. 아니면 그 장면을 알고 있던 막달레나가 도서
관에서 나와 함께 그 장면을 재현한 거요. 네, 그 영화
저도 알아요. 레나가 말했다. 「티파니에서 아침을」이
죠. 어쩌면 우리가 그 영화 함께 본 거 아니오? 내가 물
었다. 아니에요. 그녀가 고개를 내저으며 말했다. 저는
그 영화 오래전에 봤어요. 거의 어린애 시절에요. 크리
스는 내 책을 찾으려고 두 번씩이나 스마트폰을 두드
리며 결과를 나에게 보여줬소. '없는 책'이라고 적혀 있
었소. 그는 안심이 되는지 폭소를 터뜨렸소. 그에게는

그 모든 것이 우스꽝스러운 이야기, 집에서 그리고 친구들과 함께 즐기게 될 기발한 이야기일 뿐이었지. 하지만 나에게는 세상이 무너지는 일이었소. 내 세상, 내가 기억하는 내 전 인생이 무너지는 일이었단 말이오. 그는 구글에서 여배우 색인과 함께 막달레나 이름도 찾아보았소. 연극학교 홈페이지에만 유일하게 이름이 올라 있었소. 막달레나가 아니라 레나군요. 그가 말했소. 내 막달레나가 결혼을 해서 성이 달라졌나 보지. 내가 말했소. 어쩌면 그녀가 더 이상 무대에 서지 않는지도 모르고. 모든 사람의 이름이 인터넷에 실려 있는 것은 아니잖소. 어쩌면 선생님의 막달레나는 존재하지 않았는지도 모르죠. 크리스가 말했소.

그게 언제였어요? 레나가 말했다. 4년 전이오. 내가 대답했다. 그녀가 잠시 계산을 해보았다. 그렇담 제가 그 사람을 만나기 직전이군요. 그해에 저는 연극학 졸업장을 받고 첫 역을 맡았어요.

크리스는 내가 흥분한 것을 분명 알아차렸다. 어쨌든 그는 우리의 공유된 과거는 더 이상 묻지 않고, 내가 그를 만나기 전의 날들에 관해 물었다. 내 말을 믿지 않는다고 하면서도 그는 막달레나에 관한 모든 것을 알려고 했고, 그녀와 나의 첫 만남과 우리의 행복했던 시절에 관해 알고 싶어 했다. 어쩌면 그는 나를 진정시키고 싶어 했는지도 모르겠다. 그는 내가 그와 공유하기 전의 일들에 관해 물었다. 나는 기꺼이 이야기해주었다. 그 시절을 다시 떠올림으로써 적어도 내 삶의 이 부분을 나 자신에게 확인시켜주고 싶었기 때문이다. 나는 크리스에게 막달레나가 어떻게 그리고 왜 나를 떠났는지 이야기해주었다. 그 후 몇 달 지나지 않아 쓴 책, 이별이 얼마나 고통스러웠는지를 적은 책에 관해서도 이야기해주었다. 심지어 그 친구는 그런 책은 존재하지 않았다고 주장했던 내 책의 줄거리도 이야기해달라고 했다.

그는 참을성 있게 내 말에 귀를 기울이며 이따금 모래를 한 줌 쥐어서 손가락 사이로 흘러내리게 하고, 기회 날 때마다 짧게나마 꼬치꼬치 캐물었다. 그사이 하늘은 어두워졌으나 해변은 여전히 북적거렸다. 사방에서 음악 소리와 떠드는 소리, 웃음소리가 들렸다. 내가 이야기를 끝마치자 크리스는 일어나서 바지의 모래를 털었다. 내가 일어나는 걸 도와주려고 나에게 손을 내밀었지만 나는 그의 손을 잡지 않았다. 나는 그와 더 이상 함께 있고 싶지 않았다. 할 얘기를 모두 해버렸기 때문이다. 저는 이제 슬슬 호텔에 돌아가야겠어요. 그가 말했다. 온종일 뭘 먹지 못해서 그런지 피곤하군요.

나도 자리에서 일어났다. 현기증이 나는 바람에 쓰러질 뻔했는데 크리스가 내 어깨를 잡아줬다. 괜찮으세요? 택시 불러드릴까요? 나는 갑자기 이루 형언할 수 없을 정도로 그에게 화가 났다. 하마터면 그에게 따귀라도 한 대 올릴 뻔했다. 그는 마치 인터넷에 흔적을 남긴 것만 존재한다는 듯이 간단한 인터넷 서핑으로 내 전 인생을 말소시킬 수 있다고 생각하는 것 같았다. 나는 그의 손을 뿌리치고 말없이 그곳을 떠났다. 산책로로 이어지는 계단을 올라와 뒤돌아보니 그는 여전히 그 자리에 서서 고개를 숙이고 생각에 잠겨 있었다.

레나 역시 무슨 생각을 하는지 말이 없었다. 나도 입을 다물었다. 그 만남 이후로 머릿속에 맴도는 것을 그녀에게 이야기하지 말았어야 했다는 생각이 들었다. 다음 날 아침 나는 학교에 전화를 걸어 몸이 불편하다고 했다. 나는 시내를 꿈결처럼 돌아다니며 내 삶을 회상해보려고 했다. 그때 나는 내 기억들이 변했다는 생각이 들었다. 내 삶의 장면들을 떠올릴 때마다 나는 크리

116

스에게 빙의되어 그의 세계에서 그의 옷을 입고 그의 말을 하고 있는 것이었다. 심지어 나는 그의 얼굴에서 보았던 애매한 결연함이 나 자신의 것이라는 느낌이 들었다. 바르셀로나에서 우리가 만났던 기억이 어렴풋이 떠올랐는데, 그것도 내 시야에서가 아니라 그의 시야에서 떠올랐다. 나이 많은 남자가 나에게 자기 이야기를 들려주는 것이었다. 나는 처음에 의심을 하며 귀를 기울이다가 점차 흥분에 빠져들었다. 태초의 혼돈으로부터 말씀이 계시고 만물이 형성됐을 때 느끼는 그런 흥분 말이다. 이 대화와 더불어 모든 것이 시작되지 않았던가?

크리스에 대한 내 분노는 점점 더 커져만 갔다. 그가 내 삶을 그대로 베껴 삶으로써 마치 내 인생을 도둑질해 가고, 내 삶을, 내 자신을 말살하는 것 같았기 때문이다. 돌연 나는 그의 죽음만이 나를 구원하고 다시 올바른 삶을 찾을 수 있게 하리라는 확신이 들었다.

나는 다음 날들도 학교에 가지 않고 크리스를 찾아나섰다. 구시가의 호텔에 가서 그에 관해 물었으나 알아낼 수가 없었다. 투숙객이 수백 명에 달했기 때문이다. 나는 관광객이 선호하는 이름난 명소와 백화점들을

117

둘러보았고, 람블라스 거리를 오르내리며 샅샅이 훑어
봤다. 그러면서 나는 쥐도 새도 모르게 크리스를 제거
할 계획을 짜냈다. 내가 혐의를 받을 염려는 결코 없었
다. 우리의 비밀스러운 관계를 아는 사람은 나와 그 친
구밖에는 없었기 때문이다. 내가 가장 걱정했던 것은,
그가 나에게서 벗어나 도시를 떠났을 수도 있다는 것
이었다. 놀랍게도 나는 그를 찾아다니는 동안 한 번도
그 일에 대한 죄책감이 들지 않았다. 그의 삶을 종식시
키는 것이 마치 내가 마땅히 해야 할 일이며, 그것이 내
권리인 것처럼 여겨졌다. 그의 삶은 곧 내 삶이었다. 내
가 실제로 그를 다시 한번 만났다면 무슨 짓을 했을는
지 누가 알겠는가.

24

레나와 나는 길고 좁다란 호수에 도착했다. 호수에 들어가지 못하도록 호숫가에는 철조망이 쳐져 있었다. 철조망 뒤쪽에는 방파제를 따라 작은 돛단배들이 열을 지어 늘어서 있었다. 보트들은 바람에 흔들거렸고, 와이어로프들이 돛대에 부딪쳐 덜거덕거렸다. 우리는 울타리를 따라 가로등이 희미하게 비치는 보도를 걸었다. 벌써 한동안 우리 두 사람은 더 이상 아무 말도 하지 않았다.

나는 바르셀로나에서 겪었던 큰 혼란의 날들을 생각했다. 내 책이 없다면 내 이야기와 내 기억들은 어떻게된 거란 말인가? 나는 어디서 왔고, 어떤 삶을 살았단 말인가? 이런 생각들이 끝없이 머리를 맴돌았다. 나는 거의 미칠 것 같았다. 마침내 나는 더 이상 학교에 가지 않고 사직을 통고한 후 짐을 쌌다.

바르셀로나에서 8년간 체류한 뒤 나는 스위스의 낯선 지역으로 갔다. 내가 도망했던 그 당시의 삶과 연관되는 것을 피하기 위해서였다. 나는 새로 시작하고 싶었다. 내가 알던 그 어떤 사람들도 보고 싶지 않았고, 내가 시간을 보냈던 지역들도 피하고 싶었다. 친구들한테 맡겨두었던 물건들도 일절 가져오지 않았다.

인터넷을 통해 나는 가구가 구비된 집을 전차轉借했다. 썩 마음에 들지는 않았지만 처음 시작하기에는 적당한 집이었다. 임대인은 물리학을 전공하는 오스트리아 여학생인데, 반년간 외국에 나가 있을 거라고 했다. 나는 그녀를 직접 본 적이 없었다. 그녀는 내가 이사 들어올 때 이미 떠나고 없었다. 우리는 메일로 연락을 했고, 집 열쇠는 그녀가 이웃에 맡겨놓았다.

내가 머무를 집은 60년대에 지은 임대주택 맨 위층에 있었고, 가재도구들은 소박했다. 가구들은 밝은 목재로 만든 것들이었다. 한쪽 구석에 깔려 있는 매트리스 위에는 봉제 동물 인형이 몇 개 놓여 있었고, 창가의 커다란 책상 위에는 컴퓨터가 한 대 놓여 있었다. 부엌에 걸린 게시판에는 일상적인 격언들과 성서 인용문들 그리고 스냅사진들이 압핀으로 꽂혀 있었다. 사진 대부분은 야외에서 찍은 것들인데, 여자들이 서로 어깨동무를 하고 웃으며 잔디에 누워 있었다. 그들은 청바지와 운동복을 입고 있었고, 한쪽 사진에는 수영복을 입은 사람들도 있었다. 몇 얼굴은 여러 사진에서 볼 수 있었고, 그중 두드러지게 눈에 띄는 사람은 없었다. 그중 어떤 여자가 내 임대인인지 아니면 그녀가 직접 사진을 찍었는지 궁금했다. 그녀는 자기 물건들을 모두 방에다 두고 가며 내 집처럼 편안하게 지내라고 메일에 썼다. 사진들과 동물 인형들이 있음에도 불구하고 방들은 몇 달 전부터 비어 있던 것처럼 썰렁했다. 어쩌면 바로 그때문에 내게 이 집이 편안했는지 모르겠다. 내 삶도 텅 빈 방이었다. 사방 벽의 그림자들만이 언젠가 사람이 살았다는 걸 누설하는 그런 방 말이다.

때는 초여름이었다. 내키지 않았지만 나는 몇 군데 김나지움에 구직 신청을 해보았다. 모든 학교에서 나보다 다른 사람들을 선호하는 것에 나는 놀라지 않았다. 임시직을 구해보라고 노동청에서 조언해주었다. 몇 군데 수소문해본 끝에 나는 가을부터 엥가딘에 있는 기숙학교의 시간제 교사직을 구하게 되었다. 엥가딘은 내가 막달레나를 처음 만난 곳에서 그리 멀지 않은 지역이었다.

귀환 후 첫 여름에 대한 내 기억들은 흐릿했다. 나는 일을 별로 벌이지 않고, 화창한 날에도 작은 집 안에서 대부분의 시간을 보내며 아주 천천히 나 자신으로 돌아왔다. 내 이야기에 대해 오래 숙고해보면 볼수록 내 생각이 잘못된 것이 아니라는 확신이 들었다. 심지어 크리스가 악의로 나와 막달레나의 삶의 족적을 편취해간 것 같았다. 나는 내가 살아왔고 내가 기억하는 삶에 대한 증명을 필요로 하지 않았다. 그래서 나는 더 이상 내 삶을 추적하지 않았다. 어쩌면 크리스 말이 맞고, 내 전 삶이, 내 존재가 허구요 거짓일지 모른다는 생각에 두려웠는지도 모르겠다. 그보다는 막달레나와 내가 어떻게 만났으며, 함께 산에 오르면서 어떤 가벼운 이야기들을 나눴는지, 공연이 끝났을 때 내가 어떻게 그녀를 데리러 갔는지, 우리가 어떻게 첫 키스를 하고 잠자리를 같이했는지 등에 대한 생각을 더 많이 했다. 나는 우리 관계가 시작된 과정을 두 번 경험했다는 생각이 들었다. 막달레나에 대한 그리움이 그녀가 나를 떠날 당시만큼이나 사무쳤다. 단단히 결심을 하지는 않았지만 나는 어느 날 저녁 책상에 앉아 내가 16년 전에 이미 한 번 썼던 책, 크리스가 그런 책은 없다고 주장한 책의 첫 문장을 적었다. 크리스가 자기 레나를 만나고, 그녀를 사랑하고, 그녀로부터 사랑받았다고 하자. 그렇다고 그가 내 막달레나와 내 책을 내게서 빼앗아 갈 수는 없을 것이다.

25

길은 호숫가에서 약간 떨어져 있었고, 탁 트인 숲을 관통했다. 몇백 미터쯤 걷다 보니 우리는 다시 물가에 이르렀다. 주위에는 우리 외에 아무도 없었다. 시가지의 소음이 나직하게 들려왔다. 먼저 입을 연 쪽은 레나였다. 우리가 3년 전에 프랑스로 어떻게 여행을 떠났는지 아세요? 그녀가 부드러운 음성으로 나직하게 말했다. 19년 전이었소. 내가 말했다. 그래요, 기억나는군. 우린 친구에게서 자동차를 빌려 뚜렷한 목적지도 없이 그냥 출발했소. 그건 우리의 가장 아름다운 휴가였어요. 레나가 말했다. 저는 그 전에도 후에도 그렇게 자유로운 느낌을 가져본 적이 없어요. 우리는 도로 지도도 가지고 가지 않았어요. 목적지가 없으니 길을 잃을 걱정도 없었기 때문이죠. 우리는 이 지역 저 지역을 종횡으로 달렸어요. 이름난 도시는 피하는 대신 잠들어버린 듯한 마을, 수십 년 전부터 아무런 변화가 없는 것처럼 보이는 마을로 갔어요. 우리는 현지 사람들에게 물어 음식점과 호텔을 정했고, 한 지역에서 하루 이틀을 머물다 떠났어요. 그 나라는 엄청나게 넓더군요. 레나가 말했다. 여행을 하면서 비로소 우린 그걸 제대로 알게 됐죠.

그녀의 말을 듣고 나는 놀랐다. 그 당시 나는 막달레나에 대한 사랑에 깊이 빠져 있었다. 하지만 바로 그 휴가 기간 동안에 나는 그녀가 나에게 얼마나 낯설어졌는지 알게 되었다. 이따금 그녀를 바라볼 때면 그녀는 지금껏 한 번도 보지 못했던 사람 같았다. 침대는 흐트러져 있는데, 막달레나는 잠옷을 입은 채 거울 앞에 서서 거울을 들여다보고 있었다. 노크 소리가 들렸다. 문 좀 열어줄래요? 그녀가 말했다. 나는 벌거벗었기 때문에 문을 향해 여종업원에게 아침상을 밖에 놓고 가라고 외쳤다. 여종업원이 가고 난 후 나는 쟁반을 들여와 침대 위에 놓았다. 쟁반에는 크루아상과 버터가 든 작은 플라스틱 용기―용기에는 대통령 얼굴이 박혀 있었다—그리고 살구잼과 밀크커피가 담겨 있었는데 커피는 너무 타서 쓴맛이 났다. 막달레나는 책상다리를 하고 침대 맞은편에 앉아 있었다. 그녀는 나를 향해 미소를 지었고, 나는 쟁반 너머 그녀 쪽으로 몸을 기대며 그녀에게 키스를 했다.

있잖아요, 하고 레나가 말했다. 그런 선생님의 삶 아무도 빼앗아 갈 수 없어요. 그녀는 걸음을 멈추고 나를 향해 몸을 돌렸다. 우리는 아주 가까이 마주 서서 서로를 쳐다봤다. 불빛이 희미해서 그녀의 눈자위가 검게 보였기 때문에 어떤 표정인지 알 수가 없었다. 그러더니 그녀가 살짝 내 입술에 키스를 했다. 그 키스는 어떤 키스의 기억을 떠올리게 했다. 내가 무슨 말을 하려고 했으나 그녀는 몸을 돌려 다시 걷기 시작했다.

26

나는 내 소설의 장면 하나하나, 단어 하나하나를 모두 머릿속에 간직하고 있으리라고 생각했으나, 막상 다시 글로 옮기려고 하자 그 모든 기억들이 산산이 흩어져버렸다. 나는 그 기억들이 내 뇌리에서 사라져버린 것을 깨달았다. 꿈을 꾼 것 같았다. 모든 게 아주 선명한 것 같았는데, 막상 눈을 뜨고 기억을 집중시키려 하자 까맣게 사라져버린 그런 꿈 말이다. 책에 대한 내 기억은 단어와 문장이 아니라 느낌으로 구성된 것이었다. 느낌이란 그 어떤 생각보다도 훨씬 더 정밀하지만, 포착해내기엔 훨씬 더 힘든 법이다.

그 당시 내가 쓴 책은 막달레나와 나에 대한 이야기를 실제로 기술한 것이 아니었다. 그녀가 자기에 대한 글을 써달라고 부탁한 뒤 나는 그 글을 성공적으로 쓸 수 없으리라는 것을 곧장 깨달았다. 그녀를 선명하게 보고 쓰기에는 내가 그녀에게 너무 몰입되어 있었기 때문이다. 마스크가 얼굴을 가리듯이 가상의 막달레나가 실제의 그녀를 가리고 있었다. 그 책은 우리가 서로 만든 형상들과 이 형상들이 우리에게 미치는 힘에 관한 문제를 주제로 다뤘다.

스톡홀름의 워크숍이 기억났다. 그 워크숍에서는 장면들을 어떻게 구성하고 이야기를 어떻게 서술하고, 시장성 있는 시나리오를 어떻게 쓰는지에 관해 미국 대본 개작 전문가가 설명했다. 그때 나는 나와 관계되고 내가 다루는 문제들에 관한 텍스트는 결코 역동적인 텍스트가 될 수 없음을 깨달았다. 나는 TV방송국이 원하는 기술적으로 나무랄 데 없는 시나리오를 쓰고 정규적으로 일하는 시간을 갖고, 더 이상 돈 걱정하지 않는 TV극작가로서 경력을 쌓게 될 날을 꿈꿨다. 나는 막달레나에게 그녀가 원하는 역할을 맡길, 거창한 대화나 문학보다는 시장성에 더 큰 의미를 두는 통속극을 쓰려고 했다. 인생은 아름답고, 사람은 착하고, 모든 갈등은 단계적으로 또는 최소한 끝장에 가서는 해소되는 그런 드라마 말이다. 우리는 바로 그런 삶을 살았다. 우아하게 장식된 집에서 우리는 고통이 없는 즐거운 삶을 살았고, 리허설이나 초연에 즐겨 초대받는 인기 손님이었다. 거리에서는 사람들이 우리를 알아봤다. 성공한 여배우와 그녀의 출연작을 집필한 작가, 이렇게 우리는 남들이 부러워하는 한 쌍이었다.

우리는 중심가 고급 레스토랑의 긴 식탁에 앉아 웃고 떠들었다. 내 옆에는 연출가가 앉아서 나를 집요하게 설득해댔다. 그는 내 대본에 등장하는 인물 중 한 사람에 대해 이야기하면서 그 역을 해낼 수 있는 인물을 추천해달라고 했다. 막달레나에게 그 역을 맡겨보면 어떻겠느냐고 제안했어야 했지만 나는 용기가 나지 않았다. 그런 막장극을 쓴 것으로 족했다. 그녀가 그런 역을 맡아서는 안 된다고 생각했다.

음식이 나오기까지는 오랜 시간이 걸렸다. 값비싼 와인이었지만 우리는 상당히 많은 양을 마셨다. 이건 우리 경비로 계산하는 거요. 연출가가 이렇게 말하며 웃었다. 그는 사슴스테이크를 주문했는데, 마침내 음식이 나오자 한입 물어보더니 접시를 밀어내며 큰 소리로 종업원을 불렀다. 미디엄 레어를 주문했는데, 이게 미디엄 레어란 말이오? 그가 화난 음성으로 말하며 포크로 고기를 찍어 종업원의 코밑에다 들이댔다. 미디엄 레어가 뭔지 알고 있는 거요? 피가 흐른다는 뜻이오, 붉은 피가. 그는 고기를 접시에다 내려놓더니 종업원에게 그걸 다시 주방으로 가져가라고 했다. 그러면서 이곳에서 요구하는 음식값은 요리사가 제대로 된 고기를 만들어 보내야 받을 수 있을 거라고 했다. 이 장면은 종업원에게 곤혹스러운 것이었다. 그는 나직하게 죄송하다고 말하며 접시를 가지고 갔다. 연출가는 아무 일도 없었다는 듯이 계속해서 나와 이야기했지만, 나는 더 이상 그의 말을 듣지 않고 자리에서 일어나 나왔다.

호텔을 찾는 데 한참 시간이 걸렸다. 우리는 모두 함께 레스토랑으로 갔었는데, 나는 그때 호텔의 위치에 신경을 쓰지 않았다. 하지만 나는 택시를 부르지 않았다. 신선한 공기가 필요했고 생각할 시간이 필요했다. 마침내 호텔에 도착해서 방으로 들어섰으나 막달레나는 방에 없었다.

나는 스톡홀름에서의 그날 밤 결정이 옳았는지 옳지 않았는지 훗날 한 번도 생각해본 적이 없다. 그것은 더 이상 생각의 여지가 없는, 그러니까 달리 어떤 선택의 여지나 방도가 있을 수 없는 결정이었다. 그냥 걷는 것, 계속해서 걷는 것, 정지하지 않고 정처 없이 걷는 것이 유일한 방법이었다.

27

여름방학이 끝났다. 나는 엥가딘에서 일을 시작했다. 기숙학교는 모든 것으로부터 격리된 세상, 요양소 같았다. 나는 부속건물의 작은 다락방을 배정받았다. 방에는 가구가 비치되어 있었다. 예전엔 이 방에 건물관리인이 살았는데 이제는 시간강사들이 사용하고 있었다.

학생들은 나를 좋아하는 것 같았다. 나는 그들에게 지나치게 많은 것을 요구하지 않았고, 내 전임자보다 점수도 후하게 줬다. 여가 시간에는 학교 주변으로 산책을 나갔고, 소설 개정판 작업에 임했다. 나는 서두르지 않았다. 집필 속도를 늦추고 단어 하나하나를 뜯어보기 위해 일부러 수기手記를 했다. 책 속에서의 시간이 실제 있었던 시간보다 더 빠르지 않았다. 글을 쓰는 동안 그 당시 느꼈던 감정, 막달레나에 대한 내 사랑, 우리가 함께 있을 때 느꼈던 이질감과 친근감, 그녀를 잃어버릴까 봐 걱정했던 일, 그리고 나서 그녀를 잃어버린 슬픔 등, 이 모든 감정이 되살아났다. 이따금 나는 백일몽에 젖어 작은 내 다락방 창가에 앉아서 바깥 경치를 바라봤다. 바깥 경치는 내 기억의 영상들과 뒤섞여 몽롱해져갔다. 나는 그 당시 막달레나가 말하거나 행동했던 것을 이제 잘 이해하게 되었다. 내가 그녀를 얼마나 힘들게 했는지 깨달았다. 젊은 파토스에 휩싸여 나는 그녀와 글쓰기 중 하나를, 사랑과 자유 중 하나를 선택해야 한다고 믿었다. 이제 비로소 나는 사랑과 자유는 배타적인 것이 아니라 하나가 다른 하나 없이는 존재할 수 없는 공존의 관계라는 사실을 깨닫게 되었다.

나는 그 책을 다시 복원하려고 했다. 그러나 글을 쓰는 동안 나도 모르게 이야기는 다른 방향으로 진척됐다. 눈앞에 떠오르는 세상을 차근차근 더듬어나갔는데 그 당시와는 다른 길을 발견하게 되었고, 내 인물들은 다른 일들을 말하고 다른 것들을 행하고, 먼젓번에 글을 쓸 때는 보이지 않던 출구가 갑자기 눈앞에 보이는 것이었다.

28

화창하지만 서늘한 9월 말 어느 날이었다. 그날 오후
는 수업이 없었다. 점심 식사 후 학생들은 소풍을 갔다.
그들은 기차를 타고 장크트모리츠로, 아니면 어딘가
로 갔다. 나는 항상 다니던 길로 장시간 산책을 했다. 이
따금 막달레나가 내 손을 잡았다. 하지만 그녀는 한 번
도 내 곁에 오래 머무르지 않았다. 그녀는 허리를 굽혀
풀 한 포기를 뽑거나, 내 앞에 있다가 내 뒤로 가고, 숲
에 다다르면 길가에 있는 나무 기둥에 기대서서 보조
를 맞추고, 보이지 않는 거미줄에 걸려 바람에 나부끼
는 나뭇잎을 가리켰다. 그녀는 우리가 사귀던 여러 해
전 그때보다 더 늙어 보이지 않았다.

가을 이맘때쯤 갑자기, 봄날이네 하고 말하는 순간이

있지? 다시 숲에서 나왔을 때 내가 물었다. 왜 그런 느낌이 드는지 모르겠어. 향기 때문인지, 새들의 지저귐 때문인지, 해가 낮게 떠서 그런 건지 말이야. 갑자기 나타났다가 곧 다시 사라지는 계절의 과도기 현상 때문에 느껴지는 감정인가 봐.

숲 가장자리의 한 벤치에 내 강의를 듣는 여학생과 남학생 한 명이 다정하게 손을 잡고 나란히 붙어 앉아 있었다. 그들은 당황하며 내 시선을 피한 채 나에게 인사를 했다. 그들은 나쁜 짓을 하지 않았는데도 나를 만난 것을 불편해했다. 나는 멈춰 서서 내가 그들 나이에 범했던 오류를 일깨워주고, 행운을 빌며 그곳에 그렇게 앉아 있는 것이 얼마나 보기 좋은지 말해주려다 그저 미소만 던지고 안녕 하고 인사를 건넸다. 그러고 나서 계속 걸어가다가 비로소 나는 막달레나가 사라진 것을 알았다.

29

우리는 6차선 도로를 따라 걸었다. 길 가장자리에는
판자 울타리가 쳐져 있었고 울타리 뒤에는 거대한 건
축공사가 한창이었다. 차가운 바람이 얼굴을 스쳤다.
레나는 불평 한마디 않고 아무 일 없었다는 듯이 내 곁
에서 걸었다. 드디어 우리는 빛이 밝은 사거리에 도착
했다. 사거리 옆에는 주유소가 있고 그 맞은편에는 대
학 캠퍼스가 있었다. 현대식 대학 건물들은 삭막해 보
였지만 따뜻한 빛을 품은 창문들은 푸근하게 느껴졌다.
우리 몸 좀 녹일까요? 학생회관을 지날 무렵 레나가 물
었다. 여기서 말고 다른 곳에서. 이렇게 말하며 나는 그
녀를 데리고 건물들을 돌아 나왔다. 고속도로에서 끊임
없이 소음이 들려왔다. 캠퍼스의 녹지대는 시내보다 눈

이 더 쌓여 있었지만 길은 청소를 했는지 눈이 없었다.

여기 잘 아세요? 레나가 물었다. 잘 알고말고. 내가 대답했다. 난 이미 오래전에 여기에 와봤었소. 저하고요? 그녀가 물었다. 아니오. 이렇게 대답하며 나는 도서관 문을 열어줬다.

도서관으로 들어서자 입구에는 사람들이 없었고, 안내 창구의 직원은 스마트폰을 만지작거리고 있었다. 우리는 넓은 계단을 걸어서 위층으로 올라갔다. 위층은 기다란 나무서가와 책상들이 비치된 개가식 자료실이었다. 벽 곳곳에는 조용히 하라는 표지판이 걸려 있었다. 책상은 빈 곳이 많았다. 책상에 앉은 사람들 중 책을 보는 사람은 하나도 없었고, 모두들 랩톱 컴퓨터로 작업을 하거나 헤드폰을 끼고 있는 모습이 정신은 딴 곳에 가 있는 것처럼 보였다. 내가 대학에 다닐 때는 사람들을 사귀려고 도서관에 갔소. 내가 말했다. 서로 눈짓을 하고, 카페테리아에서 혹은 문 앞에서 담배를 피우며 만났소.

우리는 비좁은 서가들 사이로 들어갔다. 책들은 알아보기 힘든 시스템으로 정리되어 있었다. 레나가 한 서가에서 두꺼운 책을 한 권 뽑았다. 많이 읽어서 책장이 너덜너덜해진 영시 선집이었다. 그녀가 책장을 넘기며 물었다. 선생님은 시도 써보셨어요? 누군가 말하기를, 산문작가는 세상에 관한 글을 쓰고, 서정시인은 자기 자신에 관한 글을 쓴다고 했소. 내가 말했다. 그 말 믿으세요? 레나가 물었다. 나는 어깨를 으쓱했다. 어쩌면 그 반대일는지도 모르지.

나는 낭송해주려고 그녀의 손에서 책을 빼앗아 색인에서 로버트 프로스트의 시를 찾았다. 하지만 시집을 펼쳤을 때 다른 시가 내 눈에 들어왔다. 그 시가 그녀에게 더 어울릴 것 같았다. 나는 우선 첫 행을 눈으로 읽어보았다. 레나에게 그 시를 보여주기 위해 눈을 들었을 때 그녀는 이미 저만큼 걸어가고 있었다. 나는 그 책을 다시 서가에 꽂아 넣었다.

레나가 앞서서 갔기 때문에 나는 그녀의 얼굴을 볼 수 없었고, 그녀의 머뭇거리며 말하는 소리만 들었다. 모든 게 단지 상상의 산물일 수도 있다는 생각 해보신 적 있으세요? 난 이미 오래전에 그런 거 나 자신에게 묻지 않기로 했소. 내가 말했다. 나는 내가 미쳤다고 생각하지 않소. 하지만 내가 미쳤다면 어떻게 미친 걸 알겠소? 나는 내가 해야 할 일만 하오. 선생님 말을 믿고 싶어요. 그녀가 말했다. 전 미래가 저에게 뭘 가져다줄는지 전혀 알고 싶지 않지만 미래가 확정되어 있다는 상상은 좋아해요. 저에게 일어나는 일은 이미 한 번 다른 사람에게 일어난 일이라는 상상, 다시 말해 연관과 의미를 지녔다는 상상 말이에요. 마치 제 인생이 하나의 이야기인 것 같다는 생각이 들어요. 제가 책에서 항상 좋아했던 대목이 바로 그런 거예요. 책은 확고부동해요. 책을 반드시 읽을 필요는 없어요. 손에 들고 있는 것으로 충분해요. 항상 그 자리에 있다는 것만 알고 있으면 충분하다고요. 그녀는 책상에 가서 앉았다. 나는 그녀를 비스듬히 마주 보고 앉았다. 지금 몇 시예요? 그녀가 물었다. 도서관이 곧 문을 닫을 것 같소. 이렇게 말하고 나는 자리에서 일어섰다. 물론 난 나 자신을 의심했소. 이 모든 이야기가 날 미치게 했소. 하지만 내가 뭘 해야겠소? 내가 그 일을 계속 추적하지 않았던 건 바로 이 의심 때문이었소. 나는 바르셀로나에서 크리스에게 막달레나에 관해 많은 이야기를 했소. 그 친구가 당신을 쉽게 찾을 수 있게 하기 위해서였소. 그가 정말 내 도플갱어라면 나는 결코 그를 막지 못할 것이오. 하지만 그 모든 것이 단지 내 상상의 산물이라면, 내가 그에게 당신의 이름을 말했을 때 당신을 그에게 넘겨준 거요. 그렇게 된다면 앞으로 일어날 일에 대한 책임은 내가 지게 되지.

30

나는 물고기 이야기가 나오는 그 희곡 작품에 관한 비평을 신문에서 읽었다. 여류 비평가는 작품에 매료되지는 않았지만, 레나는 앞날이 촉망되는 젊은 배우라고 칭찬했다. 심지어 그녀의 사진도 실려 있었다. 연극의 한 장면을 찍은 것인데 희미하지만 그녀임에 틀림없었다. 그 사진은 그 당시의 내 감정을 다시 일깨웠다. 막달레나를 그냥 생각할 때보다 훨씬 더 생생하게 떠올리게 했다. 마치 그녀를 직접 손에 든 것 같은 느낌이었다. 나는 사진을 조심스럽게 오려서 자석으로 냉장고 문에 붙여놨다.

주가 가고 달이 갔다. 나는 막달레나를 극장에서 데려오고, 일찍 잠자러 가지 않기 위해 시간을 붙잡아둘 목적으로 우리가 밤새 거닐며 이야기했던 생각이 났다. 그러다 우리가 처음으로 사랑을 나누게 된 날이 왔다. 잠자리에서 일어나자마자 나는 레나가 곧 크리스에게 전화를 걸고, 자기가 아프니까 좀 와줄 수 없겠느냐고 그에게 말할 거라는 생각이 들었다. 이날 나는 속수무책이었다. 나는 정신을 집중시킬 수 없었다. 이날따라 학생들이 마구 버릇없이 굴어서 나는 그들을 호되게 꾸짖었다. 수업이 끝난 후 한 학생이 내게 와서 걱정스러운 어조로 괜찮으시냐고 물었다.

몇 주 후 나는 「미스 율리」 공연 광고를 봤다. 막달레나가 처음으로 큰 역할을 맡았던 작품이었다. 젊은 여자 연출가가 연출을 맡았는데, 내가 한 번도 들어보지 못한 이름이었다. 나는 오랫동안 망설이며 초연은 흘려보냈다. 하지만 마침내 표를 한 장 구입했고, 그날 밤을 위해 숙소도 예약했다. 그리고 학교 수업을 끝낸 어느 금요일에 연극을 관람하러 저지대로 갔다.

16년 전에 본 연극이라 거의 기억을 할 수 없었다. 그당시 나는 오로지 막달레나에게 정신이 팔려 있었다. 그리고 그때 장 역을 맡은 배우를 엄청 질투한 기억이 아직도 생생하다. 막달레나와 나는 심지어 그것 때문에 말다툼까지 했다. 그녀는 자신이 배우에게 키스한 것이 아니라 율리가 장에게 키스한 것이라고 주장했고, 나는 그건 터무니없는 변명이라고 말했다.

새 연출의 줄거리 진행은 엉망이었다. 처음에는 고전 의상을 입었던 배우들이 나중에는 몸에 꽉 달라붙는 관능적인 가죽옷을 입고 무대에 등장했다. 율리와 장의 관계는 사도마조히즘적인 힘자랑의 표현이었으며, 지나치게 시끄러운 록 음악은 율리의 감정을 교란시키고, 장이 자기 손에 수갑을 채우게 했다. 그러나 이 모든 것이 그녀를 가학적인 창녀로 만들고, 그러다 끝내는 장을 그녀의 종으로 만들어 굴종시키기 위한 것이었다. 나는 착종된 줄거리 진행을 더 이상 따라가기 싫었다. 그래서 배우들의 대사조차도 듣지 않았다. 나는 레나가 장 앞에서 무릎을 꿇고, 장이 자기 하의를 여는 장면에서 그녀가 당당하게 확신에 찬 채 품위를 지키면서 연기하는 것을 보았다. 나는 그녀의 재능과 정신력에 놀랐다. 그런 기질은 그 당시 나와 막달레나의 사랑에서는 한 번도 느껴보지 못한 것이었다. 그녀는 갑자기 내 기억 속의 막달레나와 전혀 다른 것 같았다. 그녀는 완전히 독립적이 되어 있었다. 그리하여 나뿐 아니라 다른 어떤 사람도 필요로 하지 않아 보였다.

극장 안에서는 크리스를 보지 못했다. 그런데 공연이 끝나고 무대 출입문 근처에서 기다리고 있던 중 돌연 그가 나타났다. 그는 신경이 날카로워 보였다. 레나가 나타나자 마지막 담배에 불을 붙였던 그가 반도 안 피운 채 길에다 버렸다. 그들은 옛 연인들이 만났을 때 하는 그런 무덤덤한 키스를 하고 몇 마디 나눈 후 걷기 시작했다.

나는 일정한 거리를 두고 그들을 따라 점점 인적이 끊어지는 산으로 올라갔다. 연극의 인상이 아직 가시지 않아 그랬는지는 모르겠지만, 나에게는 레나가 크리스를 개처럼 목줄에 매어 끌고 가는 것처럼 느껴졌다. 그녀는 줄곧 그의 앞에서 걸었고, 그의 일거수일투족은 헌신적이고 거의 비굴해 보이기까지 했다.

그들은 동물원을 향해 걷다가 언덕에서 숲 가장자리를 따라 서쪽으로 갔다. 그곳은 시가지와 호수를 아름답게 조망할 수 있는 장소였지만, 두 사람은 이야기에 열중하느라고 조망에는 전혀 관심이 없었다. 나는 어디선가 읽은 '연인보다 더 고독한 것은 결코 없다'는 명언이 생각났다. 나는 시가지를 내려다보며, 우리가 그 당시 나누었던 이야기를 떠올려보려고 했다. 그러다 다시 벤치 쪽으로 시선을 돌렸으나 레나와 크리스는 사라지고 없었다.

약간 떨어진 숲 바로 옆에 오래된 음식점이 있었는데, 음식점 앞에 관광버스가 한 대 주차해 있었고, 입구에서는 검은 옷을 입은 남자 몇 명이 담배를 피우고 있었다. 그들은 술에 취한 것 같았다. 왁자지껄 떠들어대면서 연방 웃음을 터뜨렸다. 나는 창문을 들여다보았다. 하지만 내가 들여다본 곳은 객실이 아니라 결혼파티가 벌어지고 있는 작은 홀이었다. 예복을 갖춰 입은 사람들이 다채롭게 섞여 있었다. 식탁의 음식은 치워져 있었고, 빈 병과 잔, 꾸겨진 냅킨만 널려 있었다. 벽 옆에 놓인 음식 운반용 카트에는 먹다 남은 거대한 결혼 케이크가 담겨 있었다. 신랑 신부는 창문 맞은편 식탁에 단둘이 앉아 있었다. 다시 눈여겨보았을 때 비로소 나는 두 사람이 레나와 크리스라는 것을 알게 됐다. 레나는 우아한 올림머리에다 하얀 웨딩드레스를, 크리스는 검은 연미복을 입고 있었다. 두 사람은 피곤해 보였으며, 약간 허둥대는 것 같았다.

하객들은 삼삼오오 모여 있었는데, 몇 사람은 서 있

었고 몇 사람은 식탁에 앉아 있었다. 그들은 머리를 조아리고 있었는데, 아마도 음악 소리가 너무 커서 서로의 이야기를 제대로 알아듣기 위해 그러는 것 같았다. 음악은 이곳 밖에서도 들릴 정도로 컸으며, 옛 히트곡 메들리였다. 음악을 연주하는 사람은 검붉은색 반짝이 재킷을 입은 예순 살가량의 깡마른 남자였는데, 얼굴이 낯익어 보였다. 그 밖에도 몇 사람이 낯이 익어 보인다 했는데, 문득 나는 하객들이 이날 밤 내가 무대에서 본 배우들과 관객들이라는 것을 알게 되었다. 그중 몇명은 막달레나 시절에 이미 같은 극단에 있던 사람들이었다. 나는 키보드 앞에 앉아 있는 남자 울리히와 휴식 시간에 옛 시절에 관해 이야기한 적도 있었는데, 이제는 그를 거의 알아보기 힘들었다. 아무도 음악을 듣지 않았고, 아무도 춤을 추지 않았지만, 그게 그에게는 아무렇지도 않아 보였다. 악마와 같이 히죽히죽 웃으며 키보드를 두드려대는 그는 마치 레나가 주연을 맡은 혼란스러운 익살극 무성영화의 효과음을 연주하는 것 같았다. 그 순간 담배를 피우는 사람들로부터 다시 커다란 웃음소리가 들려왔다. 몸을 돌려봤으나 내 쪽에서는 그들이 보이지 않았다. 웃음이 멎자 나는 다시 홀 쪽으로 돌아섰다. 홀은 이제 불이 꺼지고 텅 비어 있었다. 더러운 그릇들만 아직 식탁에 남아 있었다.

31

결혼식은 정말 올리고 싶지 않았어요. 레나가 말했
다. 너무 서둘렀어요. 하지만 크리스가 모든 것을 갖춘
모범적인 결혼식을 올리자고 했어요. 그러지 않으면 결
혼 서약이 무효라도 되는 것처럼요. 아침에 우리는 교
회에 갔었어요. 저는 하얀 드레스를, 그는 검은 연미복
을 입었죠. 우린 심지어 사진사도 대동했어요. 사진사
는 호숫가로 내려가 우리 사진을 찍었어요. 오후에는
배를 타고 호수를 이리저리 돌고 나서 보닛에 꽃장식
을 한 낡은 우편노선버스를 타고 식을 올리러 갔어요.
돼지고기구이와 감자죽 그리고 3단짜리 결혼케이크가
준비되어 있었는데, 케이크 꼭대기에는 아몬드과자로
만든 작은 신랑 신부 장식이 놓여 있었어요. 극단의 여

러 친구들이 왔고, 감상적인 얘기와 험담이 길게 이어졌어요. 한 드라마투르그는 이미 오후 나절부터 술을 많이 마시더니 지저분한 농담을 늘어놓더군요. 서민 결혼식의 참담한 실상이었죠. 모두들 취하고 엉망진창이 된 상태에서 결혼식이 끝났어요. 크리스와 저는 한바탕 싸움을 했어요. 왜 싸웠는지는 저도 모르겠어요. 마침내 집으로 와서 그가 저를 안고 문지방을 넘어가다가 그의 어설픈 동작으로 제 머리가 문틀에 부딪쳐 혹이 생겼어요. 제 인생에서 가장 행복한 날이었어요.

그럴 순 없어. 내가 말했다. 난 막달레나와 결혼하지 않았단 말이오. 결혼할 생각조차 하지 않았소. 편차가 있는 거예요. 레나가 나직하게 말했기 때문에 나는 그녀의 음성이 슬픈 건지 기쁜 건지 구분할 수 없었다.

우리는 도서관 휴게실의 작은 탁자에 앉아 자판기에서 연한 커피를 뽑아 마셨다. 크리스가 저보고 자기 아내가 되어주지 않겠느냐고 물었을 때 저는 정신이 얼떨떨했어요. 레나가 말했다. 우린 사귄 지 불과 한 달밖에 되지 않았거든요. 그의 질문을 어떻게 받아들여야 할지 모르겠더군요. 이상한 물음이라는 생각이 들면 들수록 그 역시 제 손을 잡아야 할지 어떨지 확신이 서지 않는다는 느낌이 들었어요. 마치 누가 그 사람에게 그렇게 하라고 다그치기라도 하는 것 같았어요.

나는 온통 혼란스러웠다. 크리스와 레나의 결혼이 내 이야기 전반에 걸쳐 어떤 변화를 가져올지 자문해보았다. 그 친구가 이리 오고 있는 중이오. 마침내 내가 이렇게 말했다. 그는 글을 쓰기로 결심했소. 참된 글을 쓰기로 말이오. 그래서 음식과 워크숍을 뿌리치고 나왔고, 생활이 보장된 방송작가를 포기한 거요. 지금 그는 우리와 마찬가지로, 그 당시 내가 그랬던 것과 똑같이 시내를 헤매고 있을 거요.

32

호텔로 돌아와서 나는 막달레나에게 무슨 말을 해야
할지 궁리하느라고 머리가 깨질 것 같았다. 우리의 성
공적인 TV드라마를 염원했던 그녀의 아름다운 꿈이
깨질 거라는 말을 그녀에게 어떻게 전할 수 있을지, 떳
떳하게 얼굴을 내밀 수 없는 글을 쓸 바에야 차라리 슈
퍼마켓의 책꽂이나 채울 글을 쓰겠다는 말을 어떻게
그녀에게 전할지 머리가 지끈거렸다. 아침부터 우리
는 다퉜다. 아침 식사를 할 때 내가 그 미국인을 웃음거
리로 만들고, 항상 관객들이 기대하고 원하는 것을 제
공하는 미국 영화를 폄하했기 때문이다. 나는 자기가
다 보지도 않은 영화들을 줄기차게 옹호하는 막달레나
가 이해되지 않았다. 그녀는 내가 몇몇 평범한 할리우

드 영화와는 전혀 다른 것들을 문제 삼고 있다고 생각하는 것 같았다. 지금도 나는 정녕 확실치가 않다. 내가 TV전속작가를 포기한 것인지 아니면 행복한 삶을 꿈꾸는 막달레나를 포기한 것인지.

나는 더 이상 그녀를 기다릴 수가 없었다. 호텔방은 감방 같기만 했다. 나는 신선한 공기를 마셔야 했다. 생각을 하기 위해서는 움직여야 했다.

밖은 어두웠다. 상점들은 아직 문을 닫지 않았다. 바겐세일 기간이었다. 많은 사람들이 구입한 물건들을 가득 담은 봉지와 상자를 들고 있었다. 나는 사람들이 덜 북적거리는 거리를 택해 얼마 후 주택가에 도착했다. 그리고 외진 상가 지역으로 갔는데, 그곳에는 커다란 쇼핑센터들과 이름 모를 사무실, 공장과 창고들이 있었다. 나는 얇은 외투만 걸치고 나와서 추웠다. 그리고 배도 고팠다. 그곳에 레스토랑은 없었지만 한 거리 모퉁이에 간단한 음식을 파는 음식점이 있었다. 음식점 안은 어두웠다. 몇몇 식탁에만 남자들 두서넛이 앉아서 맥주를 마시거나 묵묵히 앞을 내다보고 있었다. 나는 맥주와 먹을 것을 주문했다. 음식을 먹는 동안 나는 막달레나를 처음 만나던 때를 생각했다. 나중에 생각해보니 그때가 내 인생에서 가장 행복했던 시절이었던 것 같았다. 언제부턴가 그 행복은 우리에게서 멀어져갔다. 그런 일이 어떻게 그리고 왜 일어났는지 알 수가 없었다. 나는 다른 길을 택하기로 결심했다. 막달레나가 우리를 위해 생각해낸 중산계급의 행복, 그런 이야기는 내 이야기가 아니었다. 솔직히 말해 내 이야기 속에는 그녀가 들어설 자리가 없었다.

식사를 하고 몸을 좀 녹인 후 음식점을 나와 또 걷다 보니 보다 안락한 주택가에 도착했다. 임대주택들 사이에 스케이트장이 있었는데, 높은 기둥들 위에 설치된 커다란 조명등들이 환하게 빛을 던졌다. 캄캄한 세상 한가운데서 장방형 스케이트장이 번쩍번쩍 빛났다. 나는 잠시 스케이트 타는 사람들을 바라봤다. 그들은 마치 무중력 상태에서 얼음 위를 날며 커브를 도는 것 같았다. 나는 되돌아갈 수도 있었지만, 막달레나는 분명 내가 자정 이전에는 돌아오지 않으리라 생각했을 것이다. 나는 계속 걸었다. 흥분이 점차 가라앉고, 동시에 되돌아가지 않겠다는 생각이 더 확고해졌다. 시간이 너무 늦었다. 다행히도 너무 늦었다.

나는 어디로 가고 있는지 알 수 없었다. 그럼에도 불

구하고 해방감을 느꼈다. 나는 어떤 호숫가에 갔다가 커다란 건물들이 가득 들어찬 공원 비슷한 넓은 지역으로 갔다. 건물 입구에 불이 환하게 켜져 있었다. 가까이 가보니 대학도서관이었다. 안에는 사람이 거의 없었다. 위층으로 올라갔다. 위층에는 책상이 몇 개 있었다. 나는 한 서가에서 닥치는 대로 책을 한 권 꺼낸 후 한 책상에 앉았다. 책상들 한가운데에 작은 칸막이들이 설치되어 있었다. 대각선 맞은편에 별로 젊어 보이지 않는 수수한 차림의 여자가 책과 노트를 쌓아놓고 그 뒤에 앉아 있었다. 나는 서가에서 꺼낸 노턴Norton 시선집의 책장을 넘겨가며 시 몇 편을 읽어보았다. 잠시 후 맞은편 여자가 스웨덴어로 뭔가 물어왔다. 나는 그녀의 말을 이해하지 못하겠다고 영어로 대답했다. 시간이요. 그녀도 영어로 말하며 손가락으로 자기 팔목을 두드렸다. 시계를 깜빡 잊고 집에 놔두고 왔어요. 내가 그녀에게 몇 시라고 알려주자 그녀가 말했다. 이런! 곧 도서관 문을 닫겠군요. 혹시 이 근방에 호텔이 있습니까? 내가 물었다. 없어요. 그녀가 말했다. 기숙사는 많은데, 학교에 등록을 했을 경우에만 입주 신청을 할 수 있어요. 신청을 해도 오래 기다려야 하고요. 학생이세요? 그녀

가 물었다. 아니요. 내가 대답했다. 오늘 밤 잠자리가 필
요해서 그럽니다. 너무 늦었어요. 그녀가 말하며 웃었
다. 학생이냐고 내가 묻자 그녀는 박사 과정을 밟고 있
다고 대답했다. 저는 저기 호수 건너편에 있는 카롤린
스카 연구소에서 일해요. 그쪽에 베스트 웨스턴 호텔
이 있을 거예요. 그녀는 자기 이름이 엘사라고 말했다.
스피커에서 안내방송이 나왔다. 문을 닫는대요. 엘사가
말했다. 우리 나가야 해요. 그녀가 물건들을 챙겼다. 우
리는 함께 출구로 갔다. 밖에 나와서 나는 담배에 불을
붙였다. 그녀도 한 개비 달라고 했다. 실은 담배 끊었어
요. 의학도가 담배를 피워서는 안 된다는 생각 때문에
요. 하지만 기회가 생기면 때로 피워요. 그녀는 내가 스
톡홀름에서 뭘 하느냐고 물었다. 얘기가 좀 복잡해요.
계속 걸으면서 내가 말했다. 이곳에서 열리는 시나리오
작가 워크숍에 참석하러 왔어요. 막달레나에 관한 얘기
는 하지 않았다. 주최 측에서 숙소를 마련해주지 않던
가요? 엘사가 물었다. 아니, 마련해줬어요. 하지만 도망
나왔죠. 글을 주문받아 쓰는 거 흥미가 없었어요. 무단
결석자시네요. 그녀가 말했다. 대단하세요. 다시 가면
벌로 숙제를 받을까 봐 겁나서 그러시는가 봐요. 뭐, 그

비슷한 겁니다. 내가 말했다. 우리 한잔할까요? 프로페소른으로 가요. 그녀가 말했다. 여기서 5분밖에 안 걸려요. 거기는 1시나 돼야 문 닫아요.

엘사와 이야기하는 게 재미있었다. 그녀는 많이 웃고 농담도 잘했다. 그녀는 북쪽 지역에 있는 광산 도시 키루나에서 자랐다고 했다. 그녀의 아버지와 어머니는 둘 다 광부이고, 그녀는 나보다 한 살 위였다. 우회로를 몇 번 거쳐 이곳에 왔어요. 그녀가 말했다. 여기는 키루나에서 아주 멀어요.

프로페소른은 피자와 케밥을 파는 아주 소박한 음식점이었다. 그 음식점은 학생기숙사와 방들이 있는 거대한 건물 콤플렉스에 들어 있었다. 그 건물은 대학 캠퍼스의 북쪽과 이어져 있었다. 여기에 학생 수천 명이 살아요. 엘사가 말했다. 저도 여기에 살고요.

나머지는 더 얘기하실 필요 없어요. 레나가 말하며 자리에서 일어섰다. 상상할 수 있으니까요. 그녀는 빠른 걸음으로 출구를 향해 걸어갔다. 내가 그녀를 따라잡자 그녀는 화난 표정으로 발길을 멈추고 두 눈을 반짝이며 나를 쳐다봤다. 곧 울음이 터질 것 같은 표정이었다. 그 사람은 책을 거의 다 썼어요. 그녀가 말했다.

그럴 리가 없소. 내가 말했다. 난 막달레나와 결혼하지 않았소. 책은 우리가 헤어지고 나서 한참 후에 쓴 거요. 그 친구는 책을 전혀 쓸 수 없었소. 왜냐하면 그 당시 내가 느낀 감정, 이를테면 이별에 대한 고통과 상실감, 고독과 같은 감정을 그 친구가 아직 공감하지 못했기 때문이오. 선생님이 오다가다 만난 스웨덴 여자와 잠자리를 같이했다면 그보다 더 큰 고통이 없겠죠. 레나가 격하게 화를 내며 말했다. 그 여자와 잠자리 같이하지 않았소. 내가 말했다. 그녀가 날 받아주기는 했소. 그건 사실이오. 하지만 아무 일도 없었단 말이오.

33

맥주를 서너 잔 마신 후 정말로 엘사는 내게 자기 방
에서 자라고 말했다. 당신은 행실이 바른 사람 같아 보
여요. 그녀가 말했다. 어때요, 내 방은 자리가 넉넉해요.

다음 날 아침 나는 막달레나에게 어제 일을 설명하
려고 했다. 방에 들어서니 그녀는 옷을 입고 침대에 누
워 있었다. 그녀의 얼굴은 매우 피곤해 보였고, 어제 마
신 와인 때문인지 부기가 있었다. 그녀는 밤새 어디에
갔었느냐고 소리를 죽여 물었다. 내가 대답하려고 하
자 내 말을 막더니 자기는 어제 자정 직전에 호텔로 돌
아왔으며, 아래 바에서 연출가와 편집자를 만났다고 했
다. 그들은 내가 레스토랑에서 나가버렸는데, 왜 그리
고 어디로 갔는지 모르겠다고 하더라는 것이었다. 막달

레나는 방에 내가 없는 것을 보고 다시 아래로 내려갔으나, 그사이에 바의 문은 닫힌 채 아무도 없었다. 그녀는 밤새 눈을 붙이지 못하고 나를 기다리며 걱정을 했다. 나는 무작정 레스토랑에서 나왔어. 내가 말했다. 미안해. 술에 취해 있었어. 그걸 문제 삼는 게 아니야. 막달레나가 울면서 말했다. 더 이상 나와 함께하고 싶지 않다고 솔직히 말해. 아니면 벌써 용기가 또 없어진 거야? 당신 정말 형편없는 사람이네. 내가 가방을 싸는 동안 그녀는 말없이 나를 바라봤다. 문에서 나는 잠시 망설였다. 하지만 무슨 말을 해야 할지 생각이 나지 않았다. 나는 아무런 해명이나 작별의 말을 하지 않고 방을 나왔다. 나머지 이틀 밤은 값싼 민박에서 지냈다. 공항에서 나는 막달레나를 마지막으로 봤다.

34

 난 막달레나를 속이지 않았소. 다시 한번 내가 말했
다. 그렇다고 무슨 차이가 있어요? 당신과 크리스가 여
기서 만난다면 이번엔 모든 게 달라질 수 있을 거라고
생각했소. 내가 말했다. 그렇게 되면 그가 이성을 되찾
고, 당신은 그와 대화를 하고 함께 호텔로 가겠지. 그
러면 모든 게 유종의 미를 거둘 테고. 그리고 그가 책
도 쓰지 않겠죠. 레나가 말했다. 선생님에겐 그게 중요
한 거죠, 아닌가요? 그녀의 음성은 여전히 화가 나 있었
다. 우리 일은 우리가 알아서 할게요. 아니면 선생님이
우리의 삶에 어설프게 끼어들면 선생님의 삶이 정리될
수 있을 거라고 생각하세요? 과거는 과거요. 내가 말했
다. 선생님이 그에게 더 나은 삶을 마련해줄 수 있다는

건가요? 레나가 말했다. 아니면 선생님이 선생님의 인생을 망친 것처럼 그의 인생을 망치겠다는 건가요? 난 내 인생을 망치지 않았소. 내가 말했다. 난 문학 쪽으로 결정을 내린 거요. 문학을 위해 희생을 치른 거란 말이오. 그래서요? 레나가 말했다. 그래서 보람이 있으셨어요?

스피커에서 안내방송이 들렸다. 배낭을 메거나 가방을 든 몇 사람이 우리 옆을 지나 밖으로, 밤의 어둠 속으로 향했다. 나는 그들을 바라봤다. 어쩌면 나는 엘사를 만날 수 있을까 기대했는지도 모르겠다. 하지만 그렇게 오랜 세월이 흘렀는데 내가 그녀를 알아볼 수 있을지 확신이 서지 않았다. 크리스는 오지 않을 거예요. 레나가 말했다. 그 사람은 달아날 하등의 이유가 없어요. 그는 이미 그 책을 어떤 출판사에 넘기기로 했다고요. 올봄에 출판될 거예요. 출판사에서 그에게 모든 걸 이야기해줬어요. 초고를 읽어봤는데 아름다운 이야기가 담겨 있더군요.

나는 레나에게 원고를 보여주려고 가져갔었다. 원고를 어떻게 해야 할지 그녀의 결정에 맡기려고 말이다. 하지만 내 배낭이 없어졌다. 깜빡 잊고 음식점에 놔두고 온 것이다. 나는 피가 거꾸로 솟았고 현기증이 났다. 그의 이야기는 어떻게 끝나오? 내가 물었다. 좋게 끝나요. 레나가 말했다. 여자가 임신을 하지만 아이를 잃고 말죠. 하지만 상실은 두 사람을 다시 밀착시켜요. 소설은 그들이 다른 지역으로 가서 새로운 삶을 시작하는 걸로 끝나요.

나는 웃지 않을 수 없었다. 웃음소리가 내 귀에도 흉하고 조롱 조로 들렸다. 그가 그걸 어떻게 알 수 있단 말이오? 그렇게 좋게 끝난다는 걸 그가 어떻게 알 수 있느냐고? 내가 그에게 들려준 이야기는 좋은 결말이 아니었소. 레나가 동정 어린 웃음을 웃었다. 그렇담 그가 이야기를 바꾸었겠죠. 편집자가 그렇게 하라고 했을 거예요. 결말을 그렇게 간단히 바꿀 수는 없소. 내가 말했다. 발행인은 그 소설이 큰 성공을 거둘 거라 믿고 있어요. 레나가 말했다. 그래요, 그거참 다행이로군. 내가 말했다.

제복을 입은 직원이 오더니 우리가 외국인이라는 걸 그때 막 알아차린 듯이, 도서관이 문을 닫으니 나가야 한다고 영어로 말했다. 이미 조금 전에 레나의 스마트폰이 울렸는데 그녀는 이제야 가방에서 꺼내 들여다보더니 다시 집어넣었다. 그 사람이 식사를 다 하고 이제 호텔로 온다는군요. 그 친구에게 답신 보내지 않을 거요? 내가 물었다. 그녀는 내 물음에 손짓으로 안 보내겠다고 대답했다. 선생님은 우리 두 사람을 이용했어요. 그녀가 말했다. 하긴 각자 자기 방식대로 이용한 거죠. 그녀의 음성은 더 이상 화가 나 있지는 않았지만 피곤하게 들렸다. 어쩌면 그 사람이 선생님보다 더 우리를 이용했을지도 모르죠. 그는 모든 걸 제대로 했는데, 그게 잘못된 거예요.

35

우리가 도서관에 있는 동안 하늘은 맑아졌으나 대신 날씨는 더 추워졌다. 우리 어디로 가는 거요? 내가 물었다. 선생님은 분명 댁에 선생님 원고 사본을 가지고 계시겠죠? 레나가 말했다. 나는 고개를 저었다. 원고를 직접 손으로 적었소. 그럼 음식점에 가서 배낭 가져오세요. 틀림없이 아직 거기에 있을 거요. 누가 원고 따위를 훔쳐 가겠소? 그럼 당신은? 내가 물었다. 그녀는 걷던 방향으로 계속 걷겠다고 했다. 자기는 한번 온 길을 다시 되돌아가는 걸 정말 싫어한다고 했다. 나도 그렇소. 그냥 계속 걸읍시다.

도서관 입구의 불은 이미 꺼져 있었다. 길에 늘어선 희미한 가로등에 내 눈이 적응하기까지는 약간의 시간이 걸렸다. 저기 별들 보세요. 레나가 하늘을 가리키며 말했다. 별자리 볼 줄 아세요? 큰곰자리만 아는데, 보이지 않네. 내가 말했다. 저건 오리온이고, 오리온 바로 옆에 있는 건 쌍둥이자리 알파성과 베타성이에요. 저 별에 대한 이야기 아세요? 하나는 신성을 지니고 있어서 수명이 무한했고 다른 하나는 유한했어요. 그런데도 둘은 항상 붙어 있었죠.

잠시 후 그녀는 아침에 크리스와 자기가 다퉜다고 했다. 어제 저녁을 먹은 후 곰곰이 생각해보았어요. 저는 그에게 더 이상 워크숍에 가지 말라고 했죠. 거기 사람들이 싫었고, 그들이 그를 이용하는 게 싫었기 때문이에요. 그녀는 웃었다. 저도 선생님이 막달레나에게 하신 말과 똑같은 말을 그에게 했어요. 이런 시리즈에서 역할을 맡느니 차라리 슈퍼마켓 계산대에 앉겠어요. 그 사람은 자기 프로젝트가 실현되면 돈을 얼마나 벌지 제 앞에서 계산해 보였어요. 그 밖에도 자기는 언제라도 다른 글을 쓸 수 있다고 하더군요. 진지한 문제에 관한 글 말이에요. 하지만 그럴 경우 돈은 벌지 못한다고 했어요. 우린 잘살고 있소. 내가 말했다. 먹고살기에는 충분하단 말이오. 우리는 우리가 원하는 만큼, 우리가 즐길 수 있을 만큼만 벌면 되지, 돈 좀 벌겠다고 영혼을 팔 수는 없소. 그들은 내 영혼을 원하지 않아, 하고 그가 말했어요. 이건 상당히 많은 돈이야. 그는 계속해서 계산을 했어요. 두번째 그리고 세번째 시즌을 제작할 경우 저작권료가 얼마나 될지 합산해보고, 재방송을 하고 다른 TV 채널에서 방영할 경우 얼마나 될지 곰곰이 따져봤어요. 우린 이제 돈 걱정 안 해도 돼, 하는 그의 말을 듣고 전 그와 헤어졌어요. 시내에 와서 비로소 저는 주머니에 넣어뒀던 메모지, 전날 저녁에 수위가 저에게 준 선생님의 메모지를 다시 꺼내 보게 되었어요. 제가 크리스와 싸우지 않았다면 선생님의 초대에 응하지 않았을 거예요. 그럼 당신은 나에게 온 걸 후회하는 거요? 내가 물었다. 그렇지 않아요. 그녀가 말했다.

우리는 복잡하게 얽힌 공원길에서 길을 잃었다. 하지만 상관없었다. 어차피 우리는 딱히 정해진 방향이 없었기 때문이다. 프로페소른으로, 16년 전에 내가 엘사와 함께 갔던 음식점으로 가자고 내가 제안했지만 레나가 싫다고 했다. 마침내 그 사람이 거기에 나타날 거예요. 그녀가 말했다. 그리고 지금 그는 제가 만나고 싶은 마지막 사람이에요. 그녀는 지난 몇 달간, 아니 결혼

한 이후부터 크리스와 함께 있으면서 자주 외로움을 느꼈다고 말했다. 마치 낯선 사람과 함께 있는 것 같은 느낌이 들었다는 것이다. 어쩌면 저는 행복한 결말보다 불행한 결말을 맞이할 가능성이 더 많은 것 같아요.

그녀는 내 이야기가 어떻게 끝나느냐고 물었다. 그 당시 내가 쓴 책에서는 여자가 떠나고 다시 돌아오지 않았소. 그러니까 그녀가 사라진 다음 이야기는 끝났소. 그다음은 모든 게 가능할 테지. 아니에요, 그렇지 않아요. 레나가 말했다. 저는 그에게 돌아갈 수 없어요. 그에게 화가 난 건 아니지만, 지금은 그가 처음 만났을 때보다 더 낯설어요. 그 당시 그에 관한 이야기를 당신 일기장에 적었소? 내가 물었다. 네, 하지만 일상적인 얘기들이에요. 그녀가 대답했다. 호감이 가는 남자를 만났고, 그와 함께 산책을 했고, 산책할 때 조금은 자기 마음대로 하는 사람 따위의 얘기들 말이에요. 그 당시 저는 우리와 함께 산에 갔던 극작가를 사랑했어요. 하지만 그 사람은 결혼했어요. 어차피 그 사람은 저보다 나이가 훨씬 많았어요. 그 사람과 사귀었으면 결말이 좋지 않았을 거예요. 혹시 아오? 내가 말했다. 레나가 고개를 내저었다. 그 사람이 질투하게 하려고 저는 크리스하고

167

만 산책했어요. 그 작가도 당신을 사랑했소? 내가 물었다. 레나가 어깨를 으쓱했다. 그건 다른 얘기예요.

우리는 캠퍼스를 나와서 고속도로 옆길을 따라 어두컴컴한 자연사박물관을 지나왔다. 그저께 저기 들어갔었어요. 레나가 말했다. 스웨덴 동물 세계에 관한 전람회였는데, 예쁘고 고풍스러운 디오라마에다 박제된 큰사슴과 순록, 늑대 등이 전시되었어요. 당신은 죽은 동물을 좋아하는 것 같소. 내가 말했다. 그런 생각 해본 적 한 번도 없어요. 레나가 말했다. 하지만 그 말이 맞을지도 몰라요. 죽은 동물은 안심할 수 있잖아요. 물지 않으니까요.

길은 건물이 별로 없는 지역으로 이어졌다. 다리를 하나 건너 다시 주거 지역으로 왔을 때 우리는 시가지를 완전히 벗어났다는 것을 알았다. 우리는 강변을 따라 두번째 다리에 도착했다. 이 다리는 좁았다. 다리를 건넜을 때 비로소 우리는 우리가 도착한 곳이 작은 나무들이 울창한 섬이라는 것을 알았다.

선생님은 그 당시에 선생님의 책을 좋은 결말로 마무리할 수 있으셨겠죠. 레나가 말했다. 하긴 대부분의 이야기들이 좋게 끝나기는 하죠. 그건 내가 마음대로 할 수 없는 문제였소. 내가 말했다. 글을 쓸 땐 어떻게 만드느냐가 아니라 어떻게 발견하느냐가 중요하지. 뭘 발견하느냐는 결코 미리 알 수가 없소. 그 책을 두번째 쓸 때 나는 첫번째 쓸 때와는 다른 것을 발견했소. 다른 가능성을 말이오. 그렇게 해서 이야기가 더 나아졌는지는 확실하지 않소. 하지만 그게 중요한 건 아니지.

섬 건너편 끝에 레스토랑이 있었는데, 하얀 페인트 칠이 된 목조건물로 테라스가 달려 있고, 음식점이라기보다는 단독주택 같아 보였다. 안에는 불이 켜져 있었고, 창문을 통해 보니 축제 의상을 입은 사람들이 모여 있었다. 검은 정장을 한 남자가 연설을 하고 있는 듯했다. 저기 보세요, 하고 레나가 말하며 한구석을 가리켰다. 거기 식탁에는 꼬마 신랑 신부가 장식된 3단짜리 결혼케이크가 놓여 있었다. 새로운 역사가 시작되고 있었다.

우리는 좁은 판자다리가 놓여 있는 물 쪽으로 내려가서 판자다리 옆에 나란히 앉아 건너편 호숫가를 바라봤다. 잠시 침묵이 흐른 뒤 나는 그녀에게 물었다. 나한테서 그 친구의 흔적을 발견할 수 있소? 어떤 대답을 기대하고 열망하며 그런 질문을 했는지 나 자신도 알 수 없었다. 레나는 한참 생각한 후에 대답했다. 선생님은 그 사람과 너무 닮기도 하고 너무 다르기도 해요. 그가 선생님처럼 될 거라는 확신이 있다면 저는 그에게 돌아갈 거예요. 하지만 그는 제가 그를 떠나야만 선생님처럼 될 거예요. 그러니까 그의 인생이 선생님처럼 파경에 이를 경우에 말이에요.

그녀는 자기에게서 막달레나의 모습을 발견할 수 있느냐고 물었다. 당신은 여러 면에서 그때의 그녀를 많이 닮았소. 내가 말했다. 당신의 일거수일투족, 웃는 모습하며 붙임성 있으면서도 진지한 태도 등이 말이오. 막달레나가 어떻게 됐는지 수소문하신 적 한 번이라도 있으세요? 레나가 물었다. 아니오. 내가 대답했다. 하지만 우연히 소식을 듣기는 했소. 당신을 무대에서 처음 보았던 그날 저녁이었소. 제가 미스 율리를 연기했을 때 말인가요? 그렇소. 내가 대답했다. 중간 휴식 시간에 막달레나의 옛 동료를 만났소. 그 사람은 오래전부터 극단 단원이었지. 율리히 말씀인가요? 레나가 물었다. 그렇소. 내가 대답했다. 당신 결혼식 때 그 사람이 연주를 했지. 그 사람이 나를 알아봤소. 우리는 지난 이야기를 했는데, 그 사람은 최근에 막달레나를 만났다고 했소. 결혼을 해서 엥가딘에 사는데 행복해 보였고, 여전히 아름답다고 하더군.

오차가 있네요. 레나가 말했다. 그렇소. 내가 말했다. 하지만 결국엔 모든 게 예정된 대로 끝나게 되어 있소. 그렇담 그게 행복한 결말이 될 거란 말씀인가요? 그녀가 물었다. 나도 모르겠소. 내가 대답했다. 죽음 외에는 사실 끝이란 없소. 죽음이 행복한 경우는 드물지. 언젠가 막달레나와 나는 어떻게 하면 가장 행복하게 죽을 수 있을까에 대해 곰곰이 생각해본 적이 있소. 나는 얼어 죽는 게 행복할 거라고 했소. 그게 아름다운 죽음이라고 생각됐기 때문이오. 하지만 막달레나는 동의하지 않았소. 그녀는 추운 게 제일 싫다고 했소. 그보다는 와인에다 아름다운 음악을 들으며 욕조에서 죽는 게 좋겠다고 하더군. 물론 늙어서 말이오. 나는 그녀가 할머니가 되고 내가 할아버지가 되는 걸 상상해보고 놀랐소. 늙은 모습이 날 놀라게 한 것이 아니라 늙은 모습에 놀라지 않은 게 놀라웠단 말이오. 마치 우리 사랑의 목표가 처음부터 노년이었던 것처럼. 건물은 무너져 폐허가 될 때 비로소 완성된다고 하지 않소.

선생님의 막달레나는 매우 이성적인 여잔 거 같아요.

레나가 말했다. 나는 그녀를 따라 레스토랑 쪽으로 갔다. 우리는 지금 섬에 와 있어요. 그녀가 말했다. 여기서 얼어 죽지 않으려면 우린 같은 길로 되돌아갈 수밖에 없어요. 택시를 부를게요.

우리는 레스토랑으로 들어갔다. 레나가 종업원과 이야기하는 동안 나는 결혼파티가 열리고 있는 방을 들여다보았다. 키보드 연주에 맞춰 사람들이 춤을 추고 있었다. 레나가 내 곁으로 왔다. 몇 분 있으면 택시가 올 거예요. 그녀가 말했다. 다리에서 우리를 기다리고 있어요. 결혼식이란 무척 우울한 거 아닌가? 내가 말했다. 누구하고 결혼하느냐에 달려 있겠죠. 레나가 말했다.

택시에서 그녀는 기사에게 베스트 웨스턴 호텔이 어디인지 묻고, 그곳으로 데려다달라고 했다. 택시를 타고 가는 동안 그녀는 스마트폰을 검색했다. 호텔에 도착하자 나는 그녀와 함께 택시에서 내려 그녀를 따라 호텔로 들어갔다. 프런트로 가기 직전에 그녀는 나에게로 몸을 돌리더니 말했다. 저는 이제 더 이상 이 놀이를 하지 않겠어요. 그건 아주 간단해요. 저는 일인실을 쓰고, 내일 돌아가는 비행기를 예약할 수 있는지 알아보면 되니까요. 그녀는 호텔 직원에게 일인실이 있느냐고 물었다. 나는 직원이 그녀에게 숙박비와 방으로 가는 길을 알려주고, 네트워크 접속 비밀번호가 필요하냐고 묻는 소리를 들었다. 필요 없어요. 레나가 웃으며 말했다. 난 오늘 따뜻한 침대만 있으면 돼요. 그녀가 카드키를 들고 내게로 돌아왔다. 많은 걸 생각하게 해주는 유익한 오후였어요. 감사드려야 하는 건지 어떤지 모르겠네요. 행복하세요. 그녀가 말했다. 당신도 행복하시오. 내가 대답했다. 우리 전화번호 교환할까? 그럴 필요 없어요. 레나가 말했다. 죄송해요. 하지만 우리 서로 더 이상 만나지 않는 게 좋겠어요. 우연히 우리가 또 만나게 될지 누가 알겠소. 내가 말했다. 그럴지도 모르죠. 레나가 말하며 내가 그녀의 뺨에 키스를 하게 해주었다.

36

큰길로 나가기 위해 밖으로 나왔을 때 우리가 타고
온 택시는 아직도 호텔 앞에 서 있었다. 택시 기사가 기
대에 차서 나를 바라봤다. 나는 고개를 내젓고 시내 쪽
으로 걸음을 옮겼다. 배낭을 놓고 온 음식점을 찾아볼
까 하다가 음식점을 다시 찾을 수 있을지 의심스러워
졌다. 아니 그 음식점이 원래 있기나 했는지 더 이상 확
신이 들지 않았다.

나는 시립도서관을 지나 공원으로 들어섰다. 거기엔
숲이 우거진 언덕이 있었다. 언덕에 오르니 마치 다른
세상에 온 듯한 기분이 들었다. 언덕 꼭대기에 오래된
관측소가 있었는데, 더 이상 가동을 하지 않는 것 같았
다. 나는 하늘을 올려다봤다. 오리온과 쌍둥이자리 그

리고 얼마 전 레나가 알려준 성좌들을 알아볼 수 있었다. 그뿐 아니라 큰곰자리도 알아봤다. 이곳 동산 위는 아래 거리 쪽보다 바람이 더 세차고 추웠다. 윙윙거리는 바람 소리가 시가지의 소음을 덮어버렸다. 나는 나무에 기대 얼음처럼 차가워진 두 손을 울퉁불퉁한 나무껍질에 갖다 댔다. 레나가 미스 율리를 연기하던 저녁을 다시 떠올렸다. 그녀의 극단 동료 울리히가 중간 휴식 시간에 마치 나를 기다렸다는 듯이 내게 다가와 공연이 어땠느냐고 물었다. 잘은 모르겠지만, 원작과는 거리가 멀어진 것 같다고 대답했다. 그가 킥킥거리며 말했다. 끝에 가서 미스 율리가 아니라 장이 죽는 장면을 상상해봐요. 여자가 연출을 맡으면 그렇게 되죠. 하지만 여배우는 연기를 잘해요. 나는 그가 16년 전의 그 공연을 기억하느냐고 물었다. 두 여배우가 닮았어요. 내가 말했다. 그렇게 생각하세요? 그가 잠시 생각하더니 고개를 내저었다. 그는 막달레나를 얼마 전에 봤다고 했다. 그녀가 우리 모두를 자기 결혼식에 초대했어요. 그가 말했다. 단원 전체를요. 아주 재미있었어요. 그녀가 누구와 결혼했어요? 내가 물었다. 우리가 산에 갔을 때 그녀가 알게 된 젊은이와 결혼했어요. 그 젊은이

175

기억하세요? 그는 그녀와 함께 산책을 했어요. 그러더니 나중엔 공연이 끝나면 항상 그녀를 데리러 오더군요. 그들은 한동안 함께 살다가 헤어졌는데, 몇 년 후에 다시 만났어요. 거의 소설 같은 얘기죠. 그런데 당신은 어떻게 지냈어요? 나는 어깨를 으쓱했다. 그건 다른 이야기다.

37

신기한 일이다. 내 생애에서 거의 기억이 나지 않는 해[年]들이, 흔적 없이 지나간 것 같은 해들이 있다는 게 말이다. 심지어 내 생애에 뚜렷한 흔적을 남긴 사건, 전환점이 되었던 사건이 기억나지 않을 때가 종종 있다. 그런 사건은 마치 내가 그 자리에 없었고, 거기에 관여하지도 않은 것같이 느껴진다. 그런가 하면 하찮은 사건, 중요하지 않다고 여겨지는 사건이 20년, 혹은 30년이 흐른 어느 날 마치 내가 방금 경험한 사건처럼 생생하게 기억날 때가 있다.

내가 스무 살이 채 안 되었을 무렵 어느 추운 일요일 아침이다. 나는 아직 부모님 집에 살고 있다. 나는 일찍 잠에서 깬 뒤 더는 잠이 오지 않는다. 집 안은 온통 조용하다. 지난 며칠간 눈이 내렸다. 눈은 녹지 않고 그대로 있다. 마침내 나는 산책을 하기로 결심한다.

하늘에는 구름이 덮여 있음에도 공기는 매우 투명하다. 눈이 소음을 빨아들인다. 집들 지붕의 굴뚝에서는 연기 한 점 피어오르지 않는다. 마치 사람이 살지 않는 세상에 와 있는 것 같은 느낌이 든다. 나는 마을을 나와 강 쪽으로 간다. 강에는 보행자와 자전거를 이웃 마을로 건네주는 현수교가 놓여 있다. 다리를 거의 건너갔을 무렵 나는 건너편 비탈길에 어떤 사람이 쓰러져 있는 것을 본다. 그곳으로 달려가보니 그 사람은 노인이다. 빙판길에서 미끄러져 일어나지 못하고 있는 것이다. 나는 노인을 일으켜 세운다. 나는 오늘도 그가 입은 외투의 거칠거칠한 감촉을 느낀다. 그리고 외투가 풍기는 좀약 냄새도 기억에 생생하다. 노인은 다치지 않은 것 같지만 추위에 얼굴이 퍼렇게 변했고, 입술은 거의 백지장 같다. 나는 그가 어디서 왔는지 묻는다. 그 사람 말은 알아듣기 힘들었지만 나는 그가 어떤 기독교단체가 운영하는 독거노인 양로원에 기거한다는 것을 알아낸다. 내가 그를 그곳으로 데려다주겠다고 하자 그는 돌아가지 않겠다며 다리 건너편을 가리킨다. 그러면서 뭔가 내가 알아듣지 못할 말을 한다. 그를 설득하는 데 한참 시간이 걸린다. 마침내 포기하고 내 말을 들을 즈음 그는 완전히 탈진한 것처럼 보인다. 나는 그가 다시 넘어지지 않게 겨드랑이를 받쳐준다.

양로원으로 가는 길은 그리 멀지 않다. 하지만 그곳에 도착하기까지는 꼬박 반 시간이 걸린다. 노인은 내 팔을 낀다. 그의 등은 너무 굽어서 상체가 거의 수평을 이루며 앞을 향해 있다. 가는 길에 그는 세 마디도 채 하지 않는다. 그는 정신이 어지러운 것 같다. 자기와 함께 산책을 했다는 어떤 여자에 대해 이야기한다. 걸어가는 동안 나는 무언가 우리를 한데 묶는 것 같은 느낌이 든다. 말보다도 더 깊은 울림이 있는 무엇이 우리를 하나로 묶는 것 같다. 네 다리를 가진 존재, 늙음과 젊음 그리고 처음과 끝이 하나로 묶인 존재로.

양로원은 크고 오래된 건물로 육교 옆 약간 외진 분지에 있다. 나는 이곳에서 무한정 살다가 생을 마감하는 사람들의 이력과 이곳에 살면서 죽음 외에 아무것도 기대할 게 없는 독거노인들을 생각해본다. 그들은 여름이면 건물 앞에 나와 앉아 값싼 여송연 꽁초를 씹고, 어떤 볼일이 있기나 한 것처럼 마을을 돌아다닌다.

사람들은 그들이 인사에 답례를 하지 않음에도 불구하고 그들에게 인사를 건넨다. 하지만 그들 중 누군가 죽어도 애석해하지 않는다.

노인은 더 이상 말이 없다. 나는 그에게 잘 지내라는 인사를 건네고 그가 힘겹게 옥외계단을 올라가서 낡은 나무문을 여는 것을 본다. 그리고 나는 그가 안으로 들어가서 또 한 계단 한 계단, 천천히 자기 방이 있는 2층으로 올라가는 모습을 상상해본다. 복도는 차갑고 어두우며, 커피 냄새와 걸레 냄새, 노인 냄새가 난다. 나는 그의 작고 보잘것없는 방과 가방 하나에 들어갈 그의 소유물을 상상해본다. 그 노인이 죽으면 그의 모든 소유물은 쓰레기통에 버려질 것이다. 그도 그럴 것이 그는 연고자가 없을뿐더러, 그의 물건에 관심을 가지는 사람도 없기 때문이다. 심지어 그가 오래전부터 간직해온 부모나 조부모 또는 먼 친척의 흑백사진, 어쩌면 그가 언젠가 사랑했던 젊은 여자의 흑백사진 몇 장조차도 관심을 갖는 사람은 없을 것이다.

집으로 돌아오는 길에 나는 상상해본다. 그 노인처럼 모든 것으로부터 해방되어 아무런 흔적도 남기지 않고 삶과 이별하는 나를. 빙판길에 넘어져 다시는 일어나지 못한 채 속수무책인 나를. 호흡은 점점 잦아들고 더 이상 추위를 느끼지 못한다. 나는 아직 전혀 살아보지 못한 내 인생과 희미한 영상들, 역광 속의 인물들, 멀어져가는 소리들을 상상해본다. 이런 생각이 이미 그 당시에 슬프게 느껴지지 않고 당연하다고 여겨진 것이 신기하다. 이 겨울 아침과 같았던 그날, 청명한 아름다움과 진실이 현전現前했던 오래전 그날이 신기하다.

옮긴이의 말

『세상의 다정스러운 무관심』은 데뷔작『아그네스』
(1998) 이래로 페터 슈탐이 20년 만에 펴낸 열번째 소
설이다. 이 소설은 제목에서부터 우리를 혼란스럽게 만
든다. '다정스러운 무관심', 무관심이 어떻게 다정스러
울 수 있을까? 언어모순이다. 다정이란 관심이 있을 때
우러나오는 감정이 아닌가. 여기서 우리는 일상용어
및 학문용어와 문학용어를 가르는 저 유명한 명제 '문
학은 말할 수 없는 것을 말한다'를 또다시 상기하게 된
다. 일상용어, 특히 학문용어는 논리적일 때 그 타당성
을 인정받고 설득력을 얻게 되지만, 문학에서는 언어가
논리와 비논리의 경계를 초월한다. 이를테면 라이너 마
리아 릴케가 "장미, 오 순수한 모순이여!"라고 했을 때,

이를 논리의 언어로 풀면 언어모순이다. 그도 그럴 것이 '순수'와 '모순'은 의미론적으로 서로 화합할 수 없는 대립적 관계를 이루기 때문이다. 하지만 릴케의 시에서 장미는 "절대순수"의 표상이다. 따라서 이 시에서 모순이란 단어는 그 모호성과 다의성이 확장되면서 모순이 아닌 조화와 화해의 언어로 부활한다. 다시 말해 모순이란 단어가 사전적 의미를 초월해서 무한한 의미의 가능성을 지니게 되는 것이다. 문학작품에서 모순의 언어가 지니는 모호성과 다의성은 비유와 상징, 아이러니, 패러독스 등과 더불어 행간과 자간의 넓이와 깊이를 확장시켜줌으로써 독자에게 상상과 사유의 폭을 넓혀준다.

『세상의 다정스러운 무관심』은 위에 말한 의미에서 모순이 중첩된 소설이다. 따라서 독자는 상상과 사유의 폭이 넓어짐과 동시에 모순의 실타래를 풀어야 하는 과제를 떠안게 된다. 우선 이 작품은 스토리텔링이 서사적이 아니라 아네테 쾨니히Annette König의 말처럼 "언어적 미니멀리즘"으로 구성되어 있다. 다시 말해 언어가 축약되어 있을 뿐 아니라 축약된 언어가 종횡무진으로 미로를 만들어낸다. 때문에 독자는 이 미로에서 여하히 출구를 향한 길을 찾아내느냐 하는 문제에 봉착한다. 이 소설은 2018년도 스위스 문학상을 수상한 작품인데, 문학상 심사위원회는 다음과 같이 말한다. "페터 슈탐은 독자를 탄탄하게 구성된 미로 속으로 안내하고, 독자는 이 미로 속으로 행복하게 빠져든다. [⋯⋯] 이야기의 미로에서 독자는 점차 읽는 기쁨을 맛보게 된다." 그러니까 이 미로는 얽히고설켜 있어 독자를 혼란시키지만, 걸음을 옮길 때마다 호기심과 궁금증을 불러일으키는 낯선 입체화立體畵들이 미로의 벽에 줄줄이 걸려 있어 독자는 출구 찾기보다는 어느새 그림을 해석하고 감상하는 재미에 빠져든다.

『세상의 다정스러운 무관심』은 2016년에 출간된 그의 소설 『가출』 못지않게, 아니 『가출』보다 훨씬 더 파격적으로 형식과 내용 면에서 새로운 시도를 한다. 스위스의 유명한 블로거 마누엘라 호프슈테터Manuela Hofstätter는 페터 슈탐이 이 작품에서 "어느 누구도 감히 엄두를 못 내는 이야기를 스스럼없이 펼친다"고 말한다. 전작의 서술문과 인용문 간의 경계 허물기, 서사적 자아와 작중인물의 경계 허물기, 현실과 상상의 경계 허물기, 우연과 필연의 경계 허물기, 시간의 파격적인 전도 등과 같은 소설 문법 파괴 시도에서 한 걸음 더 나아가 이 소설은 현재와 과거 및 꿈과 현실의 경계도 해체하고 있을 뿐 아니라, 본격적으로 부조리 문학을 선언하고 나선다. 우선 작품의 제목 『세상의 다정스러운 무관심』이 『이방인』의 주인공 뫼르소가 에필로그에서 한 말 "나는 처음으로 세상의 다정스러운 무관심에 마음을 열었다"의 한 구절을 차용한 사실이 이를 방증한다. 『뉴요커 *The New Yorker*』는 "알베르 카뮈가 오늘날 살아 있다면 아마도 페터 슈탐과 같은 소설을 쓸 것이다"라고 적고 있다. 그뿐이 아니다. 슈탐은 이 소설의 서언을 부조리 문학의 선구자 사뮈엘 베케트의 희곡 「크라프의 마지막 테이프」의 대사에서 차용하고 있다.

우리는 꼼짝 않고 거기에 누워 있었어. 하지만 우리 밑에서는 모든 것이 움직였지. 모든 것이 우리를 위아래로, 이쪽저쪽으로 다정스럽게 움직였어.

베케트가 던진 질문 "우리는 누구인가? 우리는 누구였는가? 우리는 누가 될 것인가?"는 『세상의 다정스러운 무관심』에서도 반복된다. 여기에서도 중년의 남자가 베케트의 「크라프의 마지막 테이프」와 마찬가지로 약 스무 살 젊은 자아(도플갱어)를 만난다.

위에서 말한 것처럼 이 소설은 스토리텔링이 서사적이 아니기 때문에 줄거리 요약이 쉽지 않으나 거칠게 짚어보면 다음과 같다. 격자소설의 형식을 띤 이 작품은 도입부에서 늙고 외로운 남자가 한 여자와의 수수께끼 같은 만남에 관해 이야기한다.

그녀는 자주 나를 찾는다. 대부분 밤에 온다. 그러고는 내 침대 옆에 서서 나를 내려다보며 말한다. 당신 늙었어. 나쁜 의미로 하는 말은 아니다. 그녀의 음성은 명랑하고, 깊은 애정이 담겨 있다. 그녀는 내 침대 가장자리에 앉는다. 하지만 당신 머리숱은, 하고 그녀가 머리카락을 흐트러뜨리며 말한다. 머리숱은 여전히 많네. 허옇게 세기는 했어. 당신만 늙지 않았어, 하고 내가 말한다. 그게 날 슬프게 할지 행복하게 할지 모르겠어. 우리는 결코 이야기를 많이 하지 않는다. 무슨 말을 해야 한단 말인가. 시간이 흐른다. 우리는 서로 바라보며 미소 짓는다.

그녀는 거의 매일 밤 온다. 이따금은 새벽이 되어서

야 오기도 한다. (9~10쪽)

이 장면에 이어 중년 남자 크리스토프가 추운 겨울
날 막달레나를 만나러 집을 나서면서 회상은 시작된다.
하지만 회상은 과거와 상상(기억)이, 그리고 꿈이 현재
와 교차될 때마다 중단된다. 크리스토프는 젊은 여배우
레나와의 만남을 회상한다. 그녀와 함께 스톡홀름을 오
랫동안 산책하면서 그는 그녀에게 왜 자신이 책을 한
권만 써서 출간하게 됐는지를 이야기한다. 그는 몇 년
전에 자기와 닮은 청년 크리스를 만나고, 이 청년이 소
설을 쓰기 시작한다는 사실을 알게 된다. 크리스가 레
나의 남자친구라는 사실이 밝혀지고, 레나에게서 크리
스토프는 옛 애인 막달레나의 분신을 본다.*

두 사람은 반나절, 반밤 동안 한적한 스톡홀름을 함
께 산책하고, 대학도서관에 들렀다가 허름한 주점에서
몸을 녹인다. 이들이 함께한 이 행로는 몇 년 전에 막달
레나와 헤어지기 전에 크리스토프가 이미 혼자 다녔던

---

* 크리스Chris는 크리스토프Christoph의 애칭이고, 레나Lena는
막달레나Magdalena의 애칭이다.

행로이다. 그는 사랑과 글쓰기는 병립할 수 없다고 믿었기 때문에 그녀와 헤어진다.

젊은 레나는 크리스토프의 이야기와 크리스의 이야기가 해괴하게도 유사점이 많다는 것을 알게 된다. 하지만 크리스토프와 막달레나의 경우에는 남자가 떠나지만 크리스와 레나의 경우에는 여자가 떠난다. 크리스토프가 생각하는 것처럼 레나는 막달레나가 아니다. 막달레나는 크리스토프와 경제적으로 안정된 삶을 원했지만, 레나는 돈 때문에 TV연속극을 쓰겠다는 크리스를 떠난다. 이 격자소설은 화자의 상상으로 마무리된다. 화자는 젊은이로 돌아가 자신의 늙고 고독한 자아를 만난다.

[……] 걸어가는 동안 나는 무언가 우리[노인과 자기]를 한데 묶는 것 같은 느낌이 든다. 말보다도 더 깊은 울림이 있는 무엇이 우리를 하나로 묶는 것 같다. 네 다리를 가진 존재, 늙음과 젊음 그리고 처음과 끝이 하나로 묶인 존재로. [……]

집으로 돌아오는 길에 나는 상상해본다. 그 노인처럼 모든 것으로부터 해방되어 아무런 흔적도 남기지 않고 삶과 이별하는 나를. [……] 나는 아직 전혀 살아 보지 못한 내 인생과 희미한 영상들, 역광 속의 인물들, 멀어져가는 소리들을 상상해본다. 이런 생각이 이미 그 당시에 슬프게 느껴지지 않고 당연하다고 여겨진 것이 신기하다. 이 겨울 아침과 같았던 그날, 청명한 아름다움과 진실이 현전現前했던 오래전 그날이 신기하다. (179~81쪽)

페터 슈탐은 2014년에 개최된 밤베르크 문학강연에서 다음과 같은 문제를 제기한다. "나는 내 인생을 설계하는가? 아니면 내 인생은 단지 나에게 주어져 있는 것인가? [……] 나는 내가 태어났을 때의 나인가? 아니면 내가 경험하고 행한 모든 것의 총화인가? 나는 이에 대한 답을 찾지 못했으며, 답을 찾으리라는 기대도 갖지 않았다." 이것은 다름 아닌 인간의 삶과 정체성에 관한 질문인데, 슈탐이 여기서 말한 것처럼 『세상의 다정스러운 무관심』에서도 우리의 존재에 대한 명확한 답은 주어지지 않는다. 하지만 평론가 율리아 슈뢰더Julia Schröder가 말한 것처럼 "대답이 없다고 문제 될 것은 없다. 오히려 대답이 주어지면 이 소설은 교훈시가 되고 만다." 그렇다, 흔히들 인생은 정답이 없다고 말한다. 따라서 작품이 교훈시가 되지 않으려면 모든 것이 열려 있어야 한다. 왜냐하면 염무웅의 말마따나 "작품과 인간 사이의 관계는 직접적이거나 단순명료한 것은 아니"지만 "인간이라는 존재 자체가 들여다볼수록 깊이를 알 수 없는 심연과 같아서, 그 심연으로부터 태어난 문학의 의미를 읽는 일은 언제나 암중모색의 험로를 지나야" 하기 때문이다. 쇤베르크와 그의 제자 알반 베르크가 베토벤이나 모차르트와 달리 기승전결이 없는 12음계 기법으로 개방성 짙은 음악을 작곡한 이유도 바로 여기에 있을 것이다.

아네테 쾨니히는 작가가 이 책에서 다음과 같은 철학적 질문을 던진다고 말한다. "우리의 현존재는 의미를 지니고 있는가? 운명은 존재하는가? 존재한다면 우리는 운명을 벗어날 수 있는가? 우리가 삶을 다시 한번 살 수 있다면 다른 삶을 살 수 있을까? 어떻게 달리 살 것인가? 아니면 우리는 궁극적으로 '세상의 다정스러운 무관심'에 만족할 것인가?"

"이따금 저는 제가 그 역을 연기하는 것이 아니라 그

190

역이 저를 연기하는 것 같은 느낌이 들어요"라는 여배
우 레나의 말에서 우리가 셰익스피어의 "인생은 연극
이다"라는 말을 떠올리는 것은 우연일까?